KB266971

중고신입
차윤슬,

이야기를
시작합니다

중고신입 차윤슬,

이야기를 시작합니다

김지혜 장편소설

한끼
Hän kkì

목차

싸락눈 내리는 밤

드럼 스틱이 '딱, 딱, 딱' 부딪히는 소리로 시작을 알리자, 묵직한 콘트라베이스와 경쾌한 피아노가 동시에 등장해 자유롭게 리듬을 탔다. 콘트라베이스 주자는 자신의 몸보다 더 큰 악기를 품에 안듯 붙잡고 미세한 떨림까지 컨트롤하며 마치 첼로를 켜듯 선율을 드리우다가 중간중간 현을 퉁기며 펑펑 튀는 리듬을 만들어냈다. 스틱이 드럼 위를 바삐 오가며 탕탕 두드리자 드럼 이곳저곳이 부르르 떨리는 게 보였다. 다음으로 조명이 트럼펫 연주자를 비추자 무대에선 황금빛으로 반짝이는 멜로디가 흘러나오기 시작했다. 무대와 테이블 간격이 좁아서인지 연주자의 손가락 움직임과 미세한 숨소리까지 고스란히 느껴졌다.

연주자가 손끝을 움직일 때마다 감정이 여러 가지 모양으로 떠올랐다가 이내 사라졌다. 하늘에서 피어났다 금세 흩어지는 구름처럼. 음악은 마치 파도처럼 밀려와 윤슬의 온몸을 감쌌다. 등줄기는 오싹하도록 짜릿했고, 머릿속은 녹아내릴 듯 부드러워졌다. 음악은 부드럽고 따스한 숨결이 되어 윤슬에게 무언가 속삭이는 듯했다.

음악은 한 편의 이야기 같았다. 그 속에 깃든 낯설지만 흥미로운 이야기에 귀를 기울이던 사람들은 그 세계에 발을 디뎌 예상치 못한 시공간으로 미끄러지듯 빠져들었다. 그곳엔 인간의 언어로 표현하기 어려운 어떤 마음이 흘러다녔다. 또한 음악은 사람의 마음을 조금씩 훔치는 것 같기도 했다. 한밤에 내리는 싸락눈처럼 가볍고 조용하게 그러나 분명하게 사람들의 내면 깊숙한 골짜기에 사부작사부작 내려앉았다.

"짠, 짠, 짠, 짠!!!"

칵테일 네 잔이 청량한 소리를 내며 마주쳤다. 유리잔이 부딪치는 맑은 울림이 가볍게 퍼졌다. 이 울림에는 보고를 끝냈다는 안도감과, 이제 이 프로젝트에서 손을 놓아야 한다는 묘한 서운함이 뒤섞여 있었다.

노란색 칵테일 준벽에는 미니 장미꽃 한 송이가 꽂혀 있어서 꼭 영화 속 소품처럼 보였다. 잔 크기도 모양도 색깔도 데코도 모두 다른 칵테일은 마치 이들을 축하하는 작은 정원 같았다.

"흐아아아! 대표님의 법카를 받게 되는 날이 다 오네요!"

감격한 민우가 법인카드를 볼에 비비며 장난스레 웃었다.

잇달아 잔을 부딪히며 축하하는데, 유정이 조심스레 말했다.

"근데 있잖아요… 우리 프로젝트는 이걸로 역할이 진짜 끝인 걸까요?"

승우 과장이 습관처럼 턱을 왼손으로 쓸었다.

"뭐, 어쨌든 이야기랑 세계관은 남았으니까. 이제부터는 우리 손을 떠나서 흘러가겠지. 어떻게 흘러갈지는 두고 봐야 알지 않을까?"

찬바람이 테이블을 스친 듯 순간적으로 정적이 내려앉았다. 다들 고개를 끄덕이면서도 한편으론 아쉬움을 숨기지 못했다. 프로젝트 최종 보고는 완벽히 성공했다고 볼 수는 없었다. 그들이 만든 이야기가 어떻게 해석되어 세상에 어떤 모양으로 등장할지는 남의 팀에 달린 일이 되고 말았기 때문이었다.

이야기가 완성되자마자 손에서 멀어지는 기분이 들었다. 여기까지가 우리 팀의 역할이라고, 누군가 그은 선 앞에 멈춰 선 기분이었다. 그러면서도 구름 마법사 소피아가 어떤 모습으로 구현될지 궁금해 호기심이 일었다. 이야기는 우리의 손을 떠나지만, 이제 새롭게 구성되어 다른 모습을 갖출 것이다.

"근데, 솔직히 기분이 좀 이상하네요. 소피아랑 같이 모험을 수도 없이 다니고, 이리저리 깨지고 하다 보니 정이 든 것 같아요. 우리 손을 떠나 본격적으로 세상에 내보인다고 하니까 뭔가…"

민우가 말을 끝맺지 못하자 유정이 칵테일 잔을 오른손에 든 채 말을 이었다.

"뭔가 애틋하지 않아? 불안하기도 하고."

"어, 맞아. 진짜… 사람들은 소피아에 대해서 잘 모를 거잖아요. 우리가 만든 캐릭터를 다른 팀에서 오해하거나 멋대로 해석할까 걱정도 되고… 기분이 마냥 좋지만은 않네요."

"나만 그런 줄 알았는데. 아우, 다른 팀이 뭘 알겠냐고!"

승우 과장이 쿡쿡 웃으며 민우와 칵테일 잔을 부딪쳤다. 윤슬도 같은 마음이었다. 남은 칵테일을 쭉 들이켜며 마음속으로 인사했다.

'소피아, 안녕. 만나서 반가웠어. 어딜 가도 너답게 잘 살아야 해. 바깥에서 부는 바람에 휘둘리지 말고… 알지?'

재즈 공연은 절정을 향해 치닫고 있었다. 콘트라베이스에 이어 피아노까지 즉흥 연주를 성공적으로 마치자, 관객 사이에서 박수가 절로 터져 나왔다. 이번엔 트럼펫 차례였다. 고음역에서 춤을 추듯 이어지는 연주에 모두 숨을 죽였다.

언제나 그렇듯, 음악은 예상치 못한 문을 활짝 열어 젖히곤 한다. 땀방울이 송골송골 맺히기 시작한 연주자의 옆모습을 바라보다가, 윤슬은 문득 신입 기획안 보고를 위해 발표장으로 들어서던 자신의 모습을 떠올렸다. 묵직한 문이 슬로모션처럼 느리게 열리는 듯했던 순간까지도 또렷하게.

돌이켜보면 그날을 기점으로 정말 다른 우주로 들어선 것일지도 몰랐다. 이야기라는 우주로 말이다. 그날 이후로 모든 것이 달라졌다.

트럼펫이 고음역을 오르내리며 짧고 빠르게 숨을 터뜨리는 소리가 요란한 알람음처럼 들렸다. 무대 전체에 "지금이야" 하고 신호를 보내는 듯했다. 그 신호에 윤슬은 과거의 문을 열어젖혔다.

어디선가, 그날의 지하철 알림음이 아스라이 들려왔다.

1장
폭풍 전야

#1.

"이번 역은 운화, 운화역입니다. 내리실 문은 왼쪽입니다."

정차 안내 방송이 영어와 중국어, 일본어로 이어지는 사이 지하철 속도가 서서히 느려졌다. 지하철 칸에서는 찌개 냄새와 미묘한 체취, 은은한 향수 냄새, 거기에 비 내음까지 섞여 아침 공기 특유의 눅진한 향이 났다.

윤슬은 휴대폰으로 시간을 확인했다. 오전 8시. 나름 일찍 집을 나섰다고 생각했지만, 지하철은 이미 만원 상태를 한참 넘어섰다. 정장이나 비즈니스 캐주얼을 입은 사람들이 발 디딜 틈 없이 끼어 멍한 표정으로 휴대폰을 얼굴에 바짝 붙이고 있거나 눈을 감고 있었다. 요란한 안내 멘트와 경쾌한 시그널 송과는 대조적인, 묵직한 피로가 담긴 적막함이 감돌았다.

지하철 문이 거대한 한숨을 쉬듯 피쉬식 소리를 내면서 열렸다. 쏟아지듯 내리는 사람들에 떠밀려 윤슬도 지하철 밖으로 나왔다.

"하."

윤슬은 어둠 속으로 사라지는 지하철을 바라보며 얕은 숨을 뱉었다. 이제 막 하루가 시작되었을 뿐인데, 오늘 쓸 에너지를 몽땅 지하철에 갖다 바친 기분이었다.

"윤슬 언니!"

윤슬이 천천히 발걸음을 옮기는데, 무표정한 사람들 사이로 환하게 웃는 유정의 얼굴이 불쑥 나타났다. 유정은 짙고 긴 눈썹이 트레이드마크인데, 끝자락이 살짝 처져서인지 활짝 웃을 때면 애교 많은 강아지 같은 인상이었다. 윤슬은 눈매가 날렵하게 위를 향하고 있는 고양이 상이라, 둘이 있으면 묘하게 믹스 매치한 옷 같은 느낌이 들었다.

"오, 유정아. 너도 오늘 일찍 출근하네?"

"응, 오늘 슈퍼루키 디데이잖아. 본부장 앞에서 발표하는 거 처음이란 말이야. 아, 갑자기 잠이 확 깨네."

"내 말이. 정신이 번쩍 든다, 야."

윤슬은 몰려오는 긴장감에 배 아래쪽이 딱딱해지는 걸 느꼈다.

운화백화점 콘텐츠전략팀에 중고 신입으로 들어온 지도 벌써 열 달째였다. 12월 중순에 접어든 세상은 온통 크리스마스를 부르짖고 있었다. 신나는 캐럴과 반짝이는 알전구, 빨간 선물 상자

들이 거리를 채웠지만, 윤슬에겐 아무것도 눈에 들어오지 않았다. 신입사원 기획 과제를 콘테스트 형식으로 경쟁하는 슈퍼루키 날이기 때문이었다.

윤슬과 유정은 지하철역의 기다란 에스컬레이터에 앞뒤로 올라섰다. 겨울바람이 날카롭게 옷깃을 파고들었다. 멀리서 지하철이 도착한다는 안내 방송과 함께 '띠리리리' 하는 요란한 알림이 공기를 가르며 울었다.

유정은 옆에 누가 있는 건 아닌지 좌우를 슬쩍 살피더니, 목소리를 낮춰 윤슬에게 말했다.

"어제 언니네 팀 보고, 완전히 깨졌다면서? 민우 오빠가 그러더라…. 팀 분위기 괜찮아?"

"…아, 향수 팝업스토어 보고한 거? PB기획 팀장님 마음에 안 들었나 봐. 나름 '향수에 담긴 순정'이라는 콘셉트를 이야기로 담아냈는데, 싫으시다네. 주인집 아가씨를 짝사랑하는 목동 이야기는 구질구질하다면서. 아니, 그 이야기가 얼마나 순수하고 아름다운 마음을 담고 있는데! 그건 그렇고, 민우는 우리 팀 깨진 건 대체 어떻게 알았대?"

"민우 오빠 별명이 왜 '보급형 국정원'이겠어. 커뮤니케이션팀에서 비공식적으로 맡은 업무가 사내 정보 수집이란 썰도 있어. 물론 오빠는 절대 아니라고 펄쩍 뛰지만. 뭐, 모르는 일 아닐까?"

대꾸하는 와중에도 유정의 손가락은 쉬지 않고 휴대폰 화면 위를 바삐 오갔다. 윤슬은 입술을 잘근잘근 씹었다.

"보급형 국정원 님이 다른 소리는 안 하디?"

휴대폰 액정 위를 바삐 오가던 유정의 손가락이 잠깐 멈칫했다. 유정은 윤슬에게 기대듯 가까이 다가섰다. 달콤한 랑방 향수 냄새가 밀어닥쳤다. 유정은 음모를 꾸미는 영화 속 등장인물처럼 속삭였다.

"언니, 내년도 경영계획 보고 있잖아."

"으응, 우리 팀도 요새 그거 준비하느라 정신없는데."

"민우 오빠가 수집한 정보에 따르면… 내년도 경영계획에서 콘텐츠전략팀이 빠질지도 모른다는 얘기가 있다던데?"

"헐, 그게 무슨 소리야? 그러면… 우리 팀 없어지는 거야? 아님 다른 팀으로 합쳐지나?"

"그건 나도 모르지. 12월 말에 대대적인 조직개편이 있을 거라는 썰도 있고."

"그러면… 콘텐츠전략팀은 조직개편 대상이니 굳이 경영계획 보고도 필요 없다, 그런 소린가?"

"아우, 설마 그렇게까지 되겠어?"

"유정아, 내가 이래 봬도… 폐간한 잡지사 출신이거든?"

윤슬이 자조적인 말투로 대꾸하며 쓸쓸한 웃음을 짓자, 유정은 뭐라 대꾸할 말을 찾지 못하고 앞머리를 휘적휘적 넘겼다. 잠깐의 정적이 두 사람 사이에 진눈깨비처럼 가볍고 조용하게 내려앉았다.

"아우, 언니, 그래도 오늘 화장 엄청 잘 먹었어. 프로페셔널 그 자체인데! 오늘 발표장 무대를 휘어잡겠어."

유정은 과장이 섞인 눈웃음을 지어대며 시선을 지하철 출입구로 돌렸다. 출구에서 밀려오는 바람이 웅얼대는 소리를 냈다. 에스컬레이터에선 뛰거나 장난치거나 측면으로 기대지 말라는 안내 방송이 반복해서 나오는 중이었다.

둘은 재잘대며 이야기를 이어가다 에스컬레이터 끝에서 우산을 펼쳤다.

#2.

　대기실 창문 너머로 곧게 뻗은 가로수길이 보였다. 아침까지 줄기차게 내리던 겨울비가 그치고, 며칠 만에 보는 새파란 겨울 하늘이 모습을 드러냈다. 반들반들하게 젖은 거리 위로 따사로운 햇살이 단정하게 내리쬐었다. 공기마저 평소보다 가벼운 느낌이었다.

　'슈퍼루키 발표장'이라고 쓰인 입간판 배너 앞에서 대기하던 윤슬은 차례가 다가오자 숨을 크게 들이마셨다. 로비의 익숙한 디퓨저 향이 콧속으로 스며들었지만, 속이 울렁거리도록 긴장되는 건 여전했다. 가까스로 마음을 다잡으며 회의실 문을 바라보는데, 문득 판타지 영화의 한 장면이 떠올랐다. 주인공이 익숙한 방문을 열자 예상치 못한 모험의 세계로 빨려 들어가던 장면이.

문 하나를 사이에 두고 완전히 다른 차원의 세계로 빨려 들어간 주인공의 기분을, 윤슬은 짐작할 수 있을 것 같았다.

"차윤슬 님, 들어가시죠."

그 짧은 한마디가 귓가를 둥둥 울렸다. 진행을 맡은 담당자가 회의실 문을 열었다. 윤슬은 여유 있는 웃음을 지으려 노력했지만 입꼬리가 더 어색하게 비틀어지는 것 같아 그만두었다.

거대한 동굴의 입구 같은 회의실 문이 열리는 모습이 슬로모션처럼 느리게 보였다. 주변의 다른 움직임 역시 온통 슬로모션으로 보였다. 윤슬은 자신을 둘러싼 이 장면이 어디선가 슬로우모션으로 재생되고 있는 비디오고, 그걸 누군가 모니터로 지켜보는 것만 같은 기묘한 감각을 느꼈다.

윤슬의 기획안은 단순했다. 운화백화점을 대표하는 캐릭터를 만들자는 것. 백화점이 지향하는 가치를 캐릭터에 담아낼 수 있고, 트렌디한 이미지도 갖출 수 있어 지금보다 훨씬 젊고 생기 있는 브랜딩이 가능하다는 주장이었다.

발표가 슬슬 마무리 단계에 접어들 무렵이었다. 그 순간, 경상도 억양이 옅게 섞인 목소리가 발표장에 울렸다.

"차윤슬 씨, 괜찮다면 중간에 하나 물어봅시다. 백화점을 대표하는 캐릭터를 만든다고 가정했을 때, 핵심 성과 지표를 어떻게 잡을지 생각해본 게 있습니까?"

윤슬은 들려오는 목소리를 따라 고개를 돌렸다. 마이크를 든 사람은 최민기 경영지원 본부장이었다. 푸근한 얼굴과 달리 눈빛은 매서웠다.

"아, 그러니까 KPI를 말씀하시는 거죠? KPI는….."

윤슬이 말끝을 흐리자, 본부장이 다시 마이크를 들었다. 삐이익 하는 마이크 소음이 가느다랗게 울렸다.

"캐릭터 만들기 좋죠. 이미지도 젊어지고. 그런데 중요한 건 수익화 아닙니까? 캐릭터가 돈 버는 데 얼마나 기여하는지, 그걸 어떻게 증명할 겁니까?"

윤슬은 무선 마이크를 꼭 쥐었다. 솔직히 성과 지표를 고민해 보지 않은 건 아니었다. 하지만 아무리 머리를 쥐어짜보아도, 캐릭터의 매출 기여도를 어떻게 숫자로 설명할지 막막하기만 했다. 회사에서 관심 있는 건 결국 돈이다. 친밀감은 추상적인 이미지에 지나지 않았고, 회사가 요구하는 것은 손에 잡히는 숫자였다.

윤슬은 마른침을 삼켰다. 뭐라도 대답을 해야 했다. 캐릭터를 만든 성과를 어떻게 측정할 것인가에 대한 대답. 정답은 아니더라도 빈 답안지를 내밀 수는 없었다. 발표 자리에서의 정적은 그야말로 방송 사고와 다름없는 일이니까.

"백화점 캐릭터를 만들면… 결과적으로 수익 창출에 도움이 되리라고 생각합니다."

윤슬이 입을 열자 최민기 본부장이 턱을 치켜들며 윤슬을 보더니 의자에 몸을 기대며 팔짱을 꼈다. 들어는 주겠다는 얼굴이었다. 윤슬은 더듬거리며 이어 말했다.

"캐릭터를 통해 고객과 친밀감을 쌓게 된다면 백화점에 대한 호감이 올라갈 테고, 방문으로 이어지리라 생각합니다. 방문율이 높아지면 입점 문의도 늘어날 겁니다. 결과적으로 선순환 구조를 만들어낼 수 있다고 생각합니다."

윤슬의 대답이 끝나자 잠시 정적이 흘렀다. 최민기 본부장의 얼굴에는 묘한 기류가 흘렀다. 본부장의 눈썹이 꿈틀거렸고 눈동자에는 흥미롭다는 기색이 감돌았다.

"…그렇군요. 돌고 도는 선순환 구조, 좋아요. 그래서 성과 지표는 어떻게?"

윤슬은 아차 싶었다. 질문은 핵심 성과 지표를 무엇으로 삼을 수 있냐는 거였는데. 윤슬은 자신이 질문의 핵심을 비껴간 두루뭉술한 답을 했다는 사실을 깨달았다.

"그러니까 성과 지표는…."

윤슬이 마른 입술을 적시며 말을 잇지 못하는 사이, 고이연 마케팅 본부장 특유의 높낮이 없는 목소리가 들려왔다.

"여기서 핵심은, 백화점 방문객이 늘어나는 데에 캐릭터가 기여할 수 있다는 그 사실 자체가 아니겠습니까? 이 자리에서 굳이 대답해야 한다면 캐릭터 공개 이후 방문객 증가율을 지표로 삼아볼 수는 있겠네요."

지원 사격이었다. 윤슬이 있는 콘텐츠전략팀은 마케팅 본부에 속해 있었으니까.

고이연 본부장의 말에 회의실이 잠잠해졌다. 최민기 본부장은 고이연 본부장을 떨떠름하게 보며 무언가를 말하려다 이내 입을 다물었다. 이어서 불편한 헛기침 소리가 들렸다.

"제가 궁금한 건…"

고이연 본부장은 다리를 한쪽으로 꼬았다.

"차윤슬 씨가 운화백화점의 캐릭터로 생각해본 게 구체적으로 있냐는 겁니다."

고이연 본부장 어조는 낮고 단정했지만 단호함이 실려 있었다.

"아… 운화백화점의 캐릭터요…."

윤슬은 마른침을 꿀꺽 삼켰다. 마이크를 쥔 오른손의 감각이 서서히 사라지는 기분이었다. 멈춘 듯한 시간이 거대한 파장을 만들어 그녀를 흔들어대고 있었다.

#3.

　사무실에 걸린 동그란 시계는 조용히 4시를 가리키고 있었다. 윤슬은 터덜터덜 자리로 돌아왔다. 콘텐츠전략팀 사람들은 자리에 아무도 없었다. 발표장의 목소리들이 여전히 메아리처럼 귓속에서 울려 퍼지고 있는데, 주변은 너무나 조용했다. 윤슬은 의자에 몸을 던지듯 앉았다.

　'아, 망했다….'

　새벽까지 연습한 멘트는 절반도 선보이지도 못한 채 발표가 끝나고 말았다. 직장인이 되기 전까지만 해도 윤슬은 자신이 똑 부러지는 타입이라고 자신하고 있었다. 윤슬에게 자기 몫을 해내는 건 당연한 일이라, 팀 프로젝트에서 무임승차 하는 사람들은 그저 한심하게만 보였다. 자신은 언제나 1인분의 몫은 해내는 인간이라 믿었는데, 회사에선 그 믿음이 무용지물이 됐다. 순식간에 바보가 된 기분이었다. 모든 게 낯설고 긴장되어서 윤슬은 하루하루 자기 자신이 아닌 채로 사는 기분이 들었다.

머릿속에 최민기 본부장의 경상도 사투리가 깃든 목소리와 고이연 본부장의 무표정한 얼굴이 다시 떠올랐다. 윤슬은 머릿속에 가득 떠오른 생각을 애써 떨치듯 고개를 저으며 노트북 화면을 잠금 해제했다. 사내 메신저 창이 깜빡이고 있었다.

[4:03] 박유정(사회공헌팀/영업전략본부) 윤슬 언니, 발표 잘 끝났어? 나는 마지막까지 질문 폭격이라 진짜 후덜덜했어. 우리 팀에 언제부터 다들 이리도 관심이 많았나 몰라. ㅠㅠ

[4:06] 차윤슬(콘텐츠전략팀/마케팅본부) 난 모르겠어. 최민기 본부장은 그냥 콘전팀이 싫은 게 분명해…. ㅜㅜ 아, 최본 진짜 짜증 나.

[4:07] 박유정(사회공헌팀/영업전략본부) 헐, 왜? 무슨 일인데??????

[4:07] 차윤슬(콘텐츠전략팀/마케팅본부) 아 몰라, 생각하기도 싫어….

[4:08] 박유정(사회공헌팀/영업전략본부) 언니, 위로가 될지 모르겠지만, 다른 신입 기획안도 엄청 까였대.

[4:09] 박유정(사회공헌팀/영업전략본부) 명품 브랜드 라인업 강화가 필요하다고 제안한 기획안은 '어떻게'가 없다고 뭐라 하고, 유명 아티스트랑 컬래버해서 팝업스토어 열자고 제안한 기획안은 경쟁사에서 이미 다 하고 있는데 차별화가 되겠냐고 뭐라 하고. 돈 되는 방안은 대체 어디 있냐면서 짜증을 있는 대로 냈다던데.

윤슬은 자신도 모르게 실소가 삐져나왔다.

유정의 메시지에 대꾸하려는데, 휴대폰이 짧게 부르르 진동했다. 팀장님이 보낸 문자였다. 슈퍼루키 발표가 끝나는 대로 곧장 회의실로 오라는 내용이었다.

윤슬은 유정에게 답하는 것도 잊은 채, 곧장 자리에서 일어나 회의실로 재빨리 걸어가기 시작했다. 밀물처럼 몰려오는 생각을 끊어내려고 발걸음에만 집중하려 했지만, 내년도 경영계획에서 콘텐츠전략팀이 빠질지도 모른다던 유정의 말이 떠오르는 건 어쩔 수 없었다. 하나로 단정하게 묶은 머리칼은 윤슬의 속도 모르고 경쾌하게 흔들거렸다.

회의실 문을 열자, 프로젝터 화면이 제일 먼저 눈에 들어왔다. '콘텐츠전략팀 3개년 비전'이라는 글자가 떠 있었지만, 화면에 눈길을 주는 사람은 아무도 없었다.

이준혁 팀장은 윤슬에게 앉으라 눈짓한 뒤, 입을 열었다.

"모레로 예정되어 있던 콘텐츠전략팀 경영계획 보고는 잠정 연기됐다. 콘텐츠전략팀 예산안 편성 관련해서 윗선에서 의견이 조금 엇갈린 모양이야."

윤슬은 자신을 삐딱하게 쳐다보던 최민기 본부장의 얼굴을 떠올렸다. 역시 그런 거였나. 입안에 쓴맛이 돌았다. 회의실에는 미묘하고도 복잡한 감정들이 소리 없이 떠다녔다.

"그리고…"

이준혁 팀장은 빰이 굳은 채로 말을 이었다.

"지난번 보고했던 젠트라 향수 팝업스토어 말인데… 그건 다시 VMD팀에서 맡게 됐다. 최아린 차장이 당분간 VMD팀에 가서 지원하는 것으로 결정됐고…."

윤슬은 어깨에 힘이 탁 풀리는 기분이었다. 콘텐츠전략팀이라고 해봐야 딸랑 넷인데, 그중에서 한 명을 다른 팀에 지원 보낸다니. 그것도 우리 회사 에이스 팀인 VMD에? 콘텐츠전략팀이 VMD팀에 들어갈지 모른다는 소문이 돈 지는 1년이 넘은 터였다.

윤슬은 이 사실을 혹시 기현 대리도 알고 있었나 싶어 흘낏 바라봤다. 기현 대리는 아무런 말도 없이 노트북 화면만 뚫어지게 쳐다보고 있었다. 경영계획 너머의 보이지 않는 무언가를 응시하는 사람처럼.

그때, 이 팀장이 헛기침을 하며 목을 가다듬었다.

"…얘기가 더 남았는데. 그러니까, 음…."

아직도 뭐가 더 남았나 싶은 팀원들의 시선이 팀장에게 쏠렸다. 이 팀장은 팀원들과 눈을 맞추지 못한 채 한숨을 길게 내쉬더니, 조심스럽게 말을 꺼냈다.

"…내가 다음 달부터 6개월간 부산으로 파견 가게 됐다."

"파견 근무요? 갑자기요? 6개월이나? 왜, 왜요?"

윤슬은 자리에서 벌떡 일어날 뻔했다. 방금 마신 아이스 아메리카노가 가슴까지 내려가다 그대로 얼어붙은 것 같았다. 자기만 빼고 다들 알고 있었나 싶어서 주변을 둘러보니, 기현 대리와 최아린 차장의 얼굴에도 당황한 기색이 역력했다.

"그게, 그… 부산 센트럴 지점을 대대적으로 리모델링하는데 인력이 부족해서 본사 지원이 필요하다고 하네. 나도 오늘 점심 무렵에 고이연 본부장님 전화 받고 알게 된 거라…."

이준혁 팀장은 말끝을 흐렸다. 최아린 차장은 팔짱을 끼고 잠시 숨을 고르더니, 입술을 삐쭉 내밀었다.

"아니, 그렇다고 팀장을 보내는 경우가 어딨어요? 하, 참…."

"…."

이 팀장은 별다른 대꾸를 못한 채 시선을 창밖으로 돌렸다. 창밖엔 거대한 빌딩 사이로 노을이 서서히 내려앉는 중이었다. 새하얀 구름은 하늘에 날개를 펼치듯 충충이 깔린 채 오렌지빛으로 물들고 있었고 빌딩 유리창이 은은한 노을빛을 하나둘 비추었다.

그것도 잠시, 오후 5시가 막 넘었을 뿐인데 도시를 비추던 촛불이 꺼지듯 금세 오렌지빛이 조용히 사그라들기 시작했다. 12월의 해는 유난히 짧아서 생각보다 금방 내려앉았다. 15분이 채 지나지 않아 하늘엔 금빛과 보랏빛이 뒤섞인 잔광만 남았다. 형광 불빛이 서서히 존재감을 드러내는 검푸른 빌딩을 바라보며, 이곳 생활도 12월 햇살처럼 금세 끝나버리는 건 아닌가 싶은 예감이 밀려왔다.

그렇게 회의는 끝났다. 최아린 차장이 시답잖은 농담을 던지며 회의실을 나섰지만 다들 속에서는 말로 표현하기 어려운 감정이 얼음처럼 서서히 굳어가고 있었다.

윤슬은 회의실에서 나오기 전에 창밖을 흘깃 내려다봤다. 높이 솟은 빌딩 사이로 자그마한 공원이 눈에 박혔다. 전구가 가득 달린 크리스마스 트리가 주인공처럼 우뚝 서 있고, 주변으론 노란빛과 붉은빛, 초록빛 전구가 흩뿌려지듯 빛나고 있어서 자연스레 눈길이 갔다.

해가 졌지만 도시는 조금도 어둡지 않았다. 얼어붙은 하늘은 남색에 가까웠고, 형광 불빛으로 반짝이는 빌딩과 하늘의 경계선에선 희미한 불빛이 아주 얇은 틈 사이로 새어 나오는 것처럼 보였다. 새하얀 구름이 두둥실 떠 있는 하늘엔 초승달이 단정하게 박혀 있었다. 이 풍경은 마치 그림책의 한 페이지 같았다. 아무런 걱정이나 근심이 없을 것 같은 세상.

윤슬은 휴대폰을 꺼내 들어 사진을 찍었다. 하지만 사진에는 트리도, 전구도, 구름도, 초승달도, 제대로 담기지 않은 채 잔뜩 뭉개진 빛의 잔상만 남은 시커먼 밤만 담겼다.

"거기서 뭐 해요? 퇴근이나 하죠."

기현 대리가 회의실 문 앞에 서서 노트북을 든 채, 손가락으로 밖을 가리켰다.

#4.

　퇴근길, 윤슬과 기현은 운화역까지 천천히 걷기 시작했다. 겨울바람이 매몰차게 얼굴을 할퀴고 지나갔다. 가로수길에는 손바닥만 한 플라타너스 잎이 뒹굴고 있었다. 요새는 12월 말은 되어야 낙엽이 다 지는 것 같았다. 계절도, 조직도, 뭐 하나 제대로 돌아가는 게 없네. 윤슬은 속으로 중얼거렸다.

　"다음 주가 크리스마스인데 흥겨운 분위기가 영 안 나네요."

　기현 대리가 먼저 말을 꺼냈다.

　"그러게요, 제가 1년 중에 제일 좋아하는 시기가 크리스마스인데. 올해 크리스마스는 저만 건너뛰고 오려나 봐요."

　윤슬은 웅웅 이는 바람결에 파닥이는 낙엽을 밟으며 걸었다. 낙엽이 발끝에서 가볍게 부서지는 소리가 덧없이 사라져버린 노래처럼 들렸다. 기현이 윤슬을 바라보며 물었다.

"윤슬 씨는 크리스마스엔 보통 뭘 했어요?"

"음… 보통 컵케이크를 구웠죠."

"컵케이크?"

"네, 저 베이킹 좋아하거든요. 컵케이크를 구워서 크리스마스 카드랑 함께 주변에 선물하는 게 연말 루틴이에요. 아니다, 루틴이었죠. 올해는 컵케이크고 뭐고 모르겠지만. 대리님은요?"

"글쎄요, 저는 크리스마스 트리랑 전구 장식 없는 조용한 데로 여행 가거나 크리스마스랑 관련 없는 영화를 몰아 보거나 했던 것 같네요."

윤슬의 날렵한 눈매 끝이 한층 올라갔다.

"크리스마스 안 좋아하세요?"

"뭐, 안 좋아한다기보다는… 크리스마스 시즌엔 온 세상이 '행복해야지, 즐거워야지!' 하고 강요하는 기분이 들어서요. 그래서인지 진짜 크리스마스 당일만큼은 조용히 보내고 싶어요. 크리스마스가 신나게 놀고 돈 쓰라고 있는 날은 아니니까요. 크리스마스라고 누구나 행복할 리도 없고요…."

무슨 뜻인지 이해가 가서 윤슬은 고개를 끄덕였다. 2천 년 전의 크리스마스엔 온 세상이 고요했겠지? 말 그대로 고요한 밤, 거룩한 밤이었을 텐데. 빛나는 전구와 거대한 트리와 신나는 캐럴 같은 건 있지도 않았을 텐데.

찬 바람에 손을 호호 불면서 걷는 사람들을 보다, 윤슬은 문득 성냥팔이 소녀 이야기가 떠올랐다. 크리스마스라고 누구나 행복할 리 없다는 기현의 말이 잔상처럼 남았다.

윤슬은 짤막한 한숨을 쉬었다.

"하, 어쨌든 내년부터 대리님이랑 저랑 둘만 콘텐츠전략팀에 있는 거네요? 차장님이랑 팀장님도 다 파견 근무 가고, 경영계획 보고도 계속 미뤄지고… 인사에선 우리 팀을 VMD팀에 흡수시키려는 속셈인 걸까요?"

"글쎄요, 아직 모르죠. 당장 내일도 무슨 일이 생길지 모르는 곳이 회산데요."

윤슬은 쓴웃음을 짓는 기현 대리를 바라보며 쓸데없이 상쾌한 겨울 밤공기를 가득 들이마셨다. 거리엔 도심의 빌딩이 이집트 신전처럼 웅장하게 늘어서 있었다. 빌딩 그림자만큼이나 묵직한 고민이 드리운 듯한 기현의 어깨는 축 처져 있었다. 기현의 발걸음이 조금 느려지자, 그를 따라 윤슬도 자연스레 걷는 속도를 늦췄다. 그때 윤슬의 머릿속에 기억 하나가 떠올랐다.

"아, 맞다, 대리님. 그래서 동기한테 뭐라고 했어요?"

"뭘… 뭐라고 해요?"

"지난주에 인사팀 동기가 대리님한테 VMD팀으로 돌아갈 생각 없냐고 물었다면서요. 생각 있으면 이번 주까지 알려달라고 했다고. 뭐라고 했어요?"

"뭐라고 했을 것 같아요?"

답 대신 웃으며 묻는 기현 대리의 입에선 입김이 하얗게 새어 나왔다. 콧날이 반듯하고 눈썹이 부드러운 기현 대리의 얼굴에 장난기가 살짝 감돌았다. 윤슬은 집요하게 캐물을 생각으로 몸을 기현 쪽으로 빙글 돌렸다.

그때였다.

"어, 눈이다."

기현의 말에 윤슬은 고개를 들었다. 거대한 빌딩 사이 작은 눈송이가 춤추듯 날리고 있었다.

"그러게요… 싸락눈이네요."

심드렁한 윤슬의 반응에 기현이 피식 웃었다.

"아니, 목소리가 왜 그래요? 크리스마스 좋아하는 사람이면 눈도 콤비로 좋아하지 않나?"

윤슬은 대답 대신 어깨를 으쓱했다. 머릿속에는 지난 2월, 대설주의보가 내렸던 그날이 떠올랐다.

***

그날, 윤슬은 텅 빈 회의실에 혼자 앉아 창밖을 멍하니 바라보고 있었다. 회의실 한쪽 면은 모두 유리창이라 바깥으로 눈이 폴폴 내리는 모습이 한눈에 들어왔다. 반대편 빌딩 창문은 검푸른 빛으로 코팅되어 있어 내부가 전혀 보이지 않았다. 그래서인지 새하얀 눈송이가 떨어지는 장면을 선명히 비추는 배경화면 같았다. 맞은편 빌딩에서도 누군가 눈 내리는 모습을 지켜보고 있을까? 결코 들여다볼 수 없는 어떤 이의 마음을 짐작해보는 기분이었다.

"아, 먼저 와 있었구나, 윤슬 에디터."

회의실 문이 휙 열리면서 진승호 편집장이 성큼 들어왔다. 얼굴이 길쭉하고 키도 큰 편에 호리호리한 몸매를 가진 편집장은 성격이 급한 편이라 걸음도 빨랐다. 사시사철 연갈색 트렌치 코트를 즐겨 입는 편집장이 사무실 복도를 재빨리 걸어갈 때면, 가오리가 퍼덕이며 헤엄치는 모습이 연상되곤 했다. 늘 활기차고 씩씩한 사람이지만, 오늘만큼은 주변의 공기가 묵직했다.

"…음, 그래. 편집부 회의 전에 잠깐 보자고 한 건 말이지…."

편집장은 평소 성격답지 않게 뜸을 들였다. 윤슬도 어느 정도 짐작한 부분이 있었기에 손바닥만 한 노트에 시선을 둔 채 가만히 있었다. 편집장 역시 윤슬의 반응을 오래 살피지 않고 본론으로 들어갔다.

"소문을 들었을 것 같기도 한데… 올해 6월 말일 자로 우리 잡지가 폐간될 예정이야. 그런데…."

편집장은 시선을 돌리며 잠시 머뭇거리다 이내 윤슬을 정면으로 바라봤다.

"잡지 폐간 얘길 지금 꺼내는 이유는, 다른 계열사로 이직 기회가 있어서야. 신입들은 다른 곳으로 이직할 수 있게 특별히 신경 쓰라는 게 대표님 지시이기도 하고."

한꺼번에 밀려드는 말을 듣는 윤슬의 눈동자가 흔들렸다. 예상치 못한 경로로 이야기가 흘러서 머릿속 내비게이션이 버벅대는 기분이었다. 이직이라니. 회의실 벽에 걸린 동그란 시계 초침이 소리 없이 움직이는 게 보였다.

"다른… 계열사요?"

진승호 편집장은 고개를 천천히 끄덕이며 가져온 서류를 넘기다 멈췄다. 눈을 가늘게 뜨고 턱을 치켜든 채로 유심히 뭔가를 읽는 기색이었다.

"흠, 윤슬 에디터는 정치외교학을 전공했네? 근데 잡지사에 들어오게 된 이유가?"

윤슬의 눈가에 옅은 긴장감이 스쳤다. 어쩌면 이게 비공식적인 1차 면접일지도 모른단 직감이 들어서였다.

"…네, 글 쓰는 게 좋아서요. 그리고 잡지사에 들어오면 정당에서 일하는 것만큼이나 세상을 많이 배울 수 있을 거라고 생각했습니다. 사람들이 살아온 이야기엔, 늘 힘이 있으니까요."

"이거, 멘트가 굉장히 거창하구먼. 당장이라도 여의도로 보내야 할 것 같은데, 윤슬 에디터. 정치외교학 전공자다운 답변이네."

편집장은 경쾌하게 말을 자르며 작게 웃었다. 윤슬은 자신도 모르게 긴장이 풀리는 걸 느꼈지만, 곧 어깨가 다시 움츠러들었다. 마치 보드라운 눈이 아스팔트 지면에 닿자마자 형체도 없이 사라져버리는 것처럼.

편집장은 노트를 탁 하고 덮더니 의자에 몸을 기댄 채 잠시 윤슬을 바라보다가 말을 이었다.

"그래서, 글 쓰는 건 여전히 좋고?"

"네, 여전히 좋고⋯ 솔직히 말하자면, 더 좋아졌어요."

편집장의 입꼬리가 스윽 올라갔다. 그는 다시 미간을 살짝 좁히며 서류를 다시 흘깃 보더니 말했다.

"추천하려는 곳은⋯ 운화백화점이야. 거기 콘텐츠전략팀이라고, 재작년엔가 만들어진 조직인데 신입 레벨을 원한다고 하네. 윤슬 에디터가 관심 있어 할 것 같아서."

윤슬은 자신도 모르게 중얼거렸다.

"⋯운화백화점이요?"

딱히 생각해본 적 없는 회사였다. 아니, 예상했던 회사 후보군에 아예 없었다는 표현이 정확할까.

"운화백화점에 콘텐츠전략팀이라는 조직이 있단 소리는 처음 들어요. 보통 홍보팀이나 VMD 직군이 브랜드 관리도 함께 맡지 않나요?"

윤슬은 고개를 오른쪽으로 비스듬히 기울이며 덧붙였다.

"그리고 그 팀에, 제가요?"

편집장은 짧게 깎은 머리카락을 확인하는 사람처럼 손가락을 찔러넣듯 머리칼을 만지더니 숨을 길게 내쉬었다.

"흐음, 여기 콘텐츠전략팀은 백화점에서 자체적으로 선보이는 브랜드를 스토리로 풀어내는 일을 고민하는 조직이라고 하네. 백화점 자체를 브랜딩하기도 하고. 윤슬 에디터 말처럼⋯ 이야기의 힘을 발휘해야 하는 조직이랄까?"

편집장이 미간을 찡긋하며 웃었다.

"아직 세팅 단계래. 맨땅에 헤딩하는 일도 많겠지만 그래도 말이야, 신입 시절엔 그런 곳이 더 좋아. 배우는 속도가 다르거든."

그 순간, 테이블에 놓인 편집장의 휴대폰이 진동하기 시작했다. 편집장은 좋은 기회이니 한번 잘 생각해보라며 한 손으로 윤슬의 어깨를 툭툭 치고, 한 손으로는 전화를 받으며 회의실을 나갔다.

***

하늘에선 여전히 보드라운 눈이 송이송이 내려앉고 있었다. 온 세상은 가만히 기도라도 하는 듯 고요해 보였다.

"잡지사에서 중고 신입으로 운화백화점에 이직할 생각 있냐고 했던 때가 입춘도 훨씬 지난 2월 말이었어요. 그날 아침에 싸락눈으로 시작한 눈이 대설주의보가 내려올 정도로 퍼붓더라고요. 봄이 오는 줄 알고 가지 끝에 조금씩 맺히기 시작하던 봉오리도 눈에 파묻히고 말았고요…."

윤슬의 말에 기현은 고개를 가볍게 끄덕였다.

"아, 생각나네요. 그날 퇴근하는 데 2시간 반이나 걸려서."

운화역 11번 출구가 가까워지고 있었다. 묵묵히 걷던 기현이 고개를 들어 윤슬을 봤다.

"그래도… 겨울은 봄을 못 이기잖아요."

기현이 잠시 머뭇거리다 말을 이었다.

"그러니까… 2월 말에 눈이 펑펑 내려도, 결국 꽃은 피고야 말잖아요. 마냥 느린 것처럼 보이고, 때론 한 걸음도 못 간 것처럼 보여도 시간은 꼬박꼬박 흐른다고요. 봐요, 윤슬 씨가 우리 회사 온 지도 벌써 10개월이나 됐네."

기현은 윤슬의 멘토였다. 윤슬이 중고 신입으로 들어온 첫날, 기현은 노트북을 세팅해주고 사무실 안내에 근처 식당까지 소개해줬었다. 그러고 보니, 벌써 시간이 이렇게 흘렀구나 싶었다. 어쨌든 봄은 오겠지만, 그렇게 시간은 꼬박꼬박 흐르겠지만, 그런다고 사는 게 절대로 쉬워지진 않을 것 같다는 생각이 들었다.

둘이 나란히 역 에스컬레이터에 올라서는 사이, 싸락눈은 어느새 진눈깨비로 변해 있었다.

#5.

이준혁 팀장이 왼쪽에 찬 손목시계를 슬쩍 봤다.

"아, 그러고 보니 곧 점심시간이네. 갑자기 이렇게 불러내서 미안해, 윤슬 씨."

"아닙니다, 팀장님. 근데… 무슨 일이 있나요?"

금요일 오전 11시 반. 회의를 시작하기엔 애매한 시간이었다. 그런데 굳이 지금 회의실로 오라는 건 뭔가 이슈가 있다는 의미일 터.

윤슬은 지난 2월 잡지사 퇴사 전에 면담하던 순간이 생각났다. 그날의 냉랭한 공기가, 편집장의 곤란해하던 표정이, 머릿속을 차례로 스치고 지나갔다.

"자, 여기, 먼저 인사부터 하지."

이준혁 팀장의 목소리는 평소보다 한 톤 올라가 있었다. 두 사람을 번갈아 보면서 설핏 웃기까지 했다. 윤슬은 어리둥절한 얼굴로 두 사람을 쳐다봤다.

"윤슬 씨랑 승우 과장은 서로 처음 보나? 여긴 콘텐츠전략팀 차윤슬 씨. 그리고 이쪽은 VMD팀 한승우 과장."

윤슬은 맞은편에 앉은 승우 과장과 서로 목례했다. 승우 과장이 인사와 함께 은은한 미소를 짓자 왼쪽 뺨 아래로 보조개가 연하게 비쳤다. 밤색 머리칼이 하얀 피부와 잘 어울렸다. 처음 보는 얼굴이었다. 인사팀인가 싶었는데, VMD팀이란 소리에 안도감과 의아함이 동시에 밀려왔다.

팀장은 잠시 생각을 정리하는 듯 혼자서 고개를 두어 번 끄덕이더니 윤슬을 바라봤다.

"어제 신입 과제 발표장에서 별일 없었다더니, 그게 아니었나 보던데?"

"슈퍼루키 발표 말씀이세요? 별일이라고 할 만한 게 딱히 없었는데요…?"

"흠, 여기 한승우 과장의 말에 따르면 고이연 본부장이 윤슬 씨의 기획안을 엄청 마음에 들어 하신 것 같아."

윤슬은 팀장과 승우 과장을 번갈아 바라봤다. 뭐가 어떻게 돌아가는지 도통 알 수 없었다. 고이연 본부장은 그저 '그럴싸하다'고 했을 뿐이었다. 아무리 좋게 해석해도 본부장이 기획안을 마음에 들어 했다고 보기엔 어려웠다.

“그럴 리가… 없을 텐데요. 다른 기획안이랑 헷갈리신 거 아니에요…?”

윤슬이 당황한 표정을 숨기지 못하는 사이, 이준혁 팀장은 테이블을 손가락으로 톡톡 두드리며 말을 이었다.

“오늘 아침에 고이연 본부장님께서 부르시더니 구름 프로젝트를 본격적으로 추진하라고 지시하셨어.”

“…네? 무슨 프로젝트요?”

“구름 프로젝트. 아니, 윤슬 씨가 구름을 모티브로 해서 운화백화점 캐릭터를 만들자고 제안했다던데?”

“아, 그거는….”

윤슬은 순간적으로 말을 잇지 못한 채 눈만 깜빡였다.

“아우, 답답하게 그러고 있지 말고 얘기 좀 해보라니까?”

이준혁 팀장이 너털웃음을 터뜨리며 팔짱을 꼈다. 그제야 윤슬은 얼떨떨한 목소리로 말했다.

“고이연 본부장님이 뭐 구체적인 아이디어 없냐고 물어보셔서 즉흥적으로 대답한 거였어요. 그러니까… 운화백화점은 운화동(雲花洞)에 있잖아요. 운화동은 말 그대로 ‘구름과 꽃이 있는 마을’이라는 뜻이고요… 그래서 우리 백화점의 캐릭터로 ‘구름’을 내세워도 좋겠다고 생각했습니다. 프로젝트 이야기가 나올 만큼 그렇게 거창한 아이디어가 아니었는데….”

“아니, 왜 그 얘기는 빼먹어요?”

가만히 윤슬의 이야기를 듣던 승우 과장이 끼어들었다.

“구름이 마음을 드러내는 장치가 될 수 있다면서요.”

윤슬이 입을 딱 벌리고 승우 과장을 쳐다봤다.

“그걸 어떻게…?”

“아니, 나 기억 안 나요? 어제 문도 열어줬구만.”

윤슬은 그제야 어제 슈퍼루키 발표장에서 누군가 문을 열어준 순간이 떠올랐다. 검은색 정장 입은 남자였다는 정도만 인지했을 뿐, 얼굴을 볼 정신까진 없었다.

“아, 그럼 어제 발표장에 쭉 계셨어요?”

“네, 뭐 어쩌다 보니 그렇게 됐죠. 그게 중요한 게 아니고요.”

승우 과장은 제 턱을 왼손으로 쓸며 말했다.

“고이연 본부장님이 예전부터 운화백화점 캐릭터를 만들어보고 싶어 하셨거든요. 요즘 백화점은 다 비슷해서 차별화가 어렵다 보니, 브랜드 살리는 캐릭터가 하나 있으면 좀 좋아요?”

그런데, 라면서 승우 과장이 한숨 섞어 말했다.

“대행사에 맡겨서 일을 진행하려니 아무래도 돈이 꽤 많이 들어서요. 예산 승인받기가 쉽지 않은 상황이었죠.”

윤슬의 머릿속에 최민기 본부장의 부루퉁한 얼굴이 스치고 지나갔다. 특유의 미간 주름까지도 선명하게.

승우 과장은 의자에서 등을 떼어 몸을 앞으로 기울이며 말을 이었다.

“그러던 차에 윤슬 씨가 제안한 ‘구름’이라는 콘셉트가 마음에 드신 것 같고… 예산을 확보하기 어려우면 그냥 내부에서 직접 캐릭터를 만들면 되겠다고 생각하신 모양이에요. 그러면 프로젝트 예산 따려고 아쉬운 소리 할 필요도 없어지니까요."

이준혁 팀장이 윤슬을 봤다. 이 팀장의 서글서글한 눈매가 사람 좋아 보이는 미소를 돋보이게 했다.

"그러니까… 최민기 본부장은 구름 프로젝트고 뭐고 솔직히 달갑지 않은 상황인데, 고이연 본부장이 이런 식으로 변화구를 던지니까 딱히 거절할 명분까진 찾지 못한 것 같아. 게다가 마침 한승우 과장이 콘텐츠전략팀으로 가고 싶다고 손을 들기도 했고. 한마디로…"

이준혁 팀장은 두 손을 손뼉 치듯 맞잡으며 기대에 찬 목소리로 말을 이었다.

"윤슬 씨랑 한승우 과장이 고이연 본부장의 가려운 곳을 제대로 긁어줬다고나 할까? 그것도 절묘한 타이밍에."

"어, 저희 둘이요…?"

윤슬은 승우 과장을 토끼 눈을 한 채 돌아봤다. 승우 과장은 화답하듯 어깨를 으쓱하며 씩 웃었다.

회사 사람들끼리 직접 캐릭터를 만든다라… 과연 가능할까? 외부 도움을 받을 구석도 없는데, 캐릭터 제작 관련 경험도 없는 승우 과장과 자신이 과연 백화점을 대표할 캐릭터를 제대로 만들어낼 수 있을지 벌써부터 걱정이 밀려왔다. 하지만 한편으로는 새로운 길이 열린 것 같아 기대감 역시 밀려들었다. 어쨌든 할 일조차 마땅치 않아 책상에 멀뚱히 앉은 채 불안해하는 것보

단 뭐라도 할 일이 있는 게 나았다. 내친김에 자신의 능력을 제대로 보여줄 수 있겠다는 긍정회로까지도 가동해보기 시작했다.

회의실 문을 닫고 나오는데 창밖으로 옅은 구름이 한 조각 보였다. 저 구름은 지금 흩어지는 중일까, 모여드는 중일까?

시계를 보니 오후 12시가 막 넘어 있었다. 윤슬은 종종걸음으로 사무실을 빠져나가며 유정에게 전화를 걸었다. 불안하고 답답한 동시에 설레고 들떴다. 가슴이 울렁거리는 게 무슨 감정 때문인지 콕 집어 표현할 수가 없었다.

2장
구름 프로젝트

#1.

부대찌개가 보글보글 끓기 시작했다. 매콤한 향이 알싸하게 퍼져나가는 와중에 소시지와 묵은지, 송송 썰어 넣은 고추와 대파가 새하얀 두부와 뒤섞였다. 유정은 라면 사리를 반 쪼개서 냄비에 넣었다. 작은 국자를 들어 사리 위에 국물을 부어주고는 꾹꾹 누르며 윤슬을 향해 말했다.

"그래서, 한승우 과장이 콘텐츠전략팀에 들어오고 언니랑 같이 우리 백화점 캐릭터 만드는 프로젝트를 한다, 그거야?"

"…그렇지. 근데 이걸 프로젝트라고 해도 될지 모르겠어. 예산도 정해진 게 없고, 한승우 과장님이랑 나랑 둘이서 북 치고 장구 치라는 식이어서. 게다가 말이야, 승우 과장님이랑 잠깐 얘기해봤는데 과장님은 건축학과 나왔대. 아마추어 둘이 캐릭터를 만드는 게 가능하겠냐고. 애들 장난도 아니고 회사 일이잖아."

윤슬의 하소연을 듣던 유정이 고개를 갸웃거렸다.

"근데 이상하네, 기현 대리님은 왜 안 불렀어? 당연히 같이 하는 거 아닌가?"

윤슬은 수저를 꺼내다가 멈칫했다. 정신이 퍼뜩 들었다.

"그러고 보니 이상하네. 우리 팀에 기현 대리님이랑 나뿐인데. 왜 나만 불렀지?"

순간, 인사팀 동기가 기현 대리에게 VMD팀으로 돌아가고 싶냐고 물어봤다던 얘기가 떠올랐다. 윤슬은 부대찌개에 시선을 고정한 채 입술을 잘근잘근 깨물었다. VMD팀에서 한 명 내줄 테니 콘텐팀에서 한 명 보내다오, 뭐 그런 건가 싶었다.

유정은 흠, 하는 소리를 내더니 국자로 부대찌개 재료를 이리저리 섞었다. 빨간 앞치마를 두른 아주머니가 샛노란 계란찜을 순식간에 내려놓고 사라졌다. 다른 테이블에선 소주잔을 부딪치는 소리에 이어 웃음소리가 폭죽처럼 터졌다. 윤슬의 마음과는 상관없이 세상은 여전히 명랑하게 돌아가는 중이었다.

유정은 스테인리스 컵에 담긴 찬물을 한 모금 마시곤 말했다.

"언니, 근데 재밌을 것 같지 않아? 아니, 그렇잖아. 신입 때 아니면 도전하기 어려운 프로젝트이기도 하고. 설마 망했다고 자르겠어? 그리고 아직 다른 팀에선 해본 적 없으니까 비교 평가도 할 수 없을 거고, 안 그래?"

"야, 그런 소리 할 거면 너도 들어와. 너 대학교 때 교지 편집부 했다고 하지 않았어?”

윤슬이 눈을 빛내자 유정은 말썽 부린 후 딴짓하는 강아지처럼 시선을 피했다.

“아, 언니. 내 머릿속엔 상상력 세포가 없다는 사실을 편집부 시절에 똑똑히 깨달아서 말이야.”

“에휴, 모르겠다. 승우 과장님이랑 둘이서 뭘 어떻게 캐릭터를 만들라는 건지. 진짜 대책 없다, 이 회사.”

윤슬은 자신을 둘러싼 상황이 온통 안개로 뒤덮인 듯 막연하고 모호하기만 했다. 하지만 적어도 갈림길에서 새로운 경로로 들어섰다는 사실만큼은 확실하게 느낄 수 있었다.

윤슬은 적당히 식은 계란찜을 한입 가득 집어넣었다. 부드러우면서도 짭짤한 맛과 당근의 뭉툭한 식감이 입안을 가득 채웠다. 걱정이 사르르 녹는 기분이 들었다. 유정은 적당히 익은 깍두기를 아그작 아그작 씹더니 한숨을 내쉬었다.

“하아… 언니는 같이 일할 사람이 없어서 걱정인데, 나는 같이 일하는 사람 때문에 괴로워 죽겠어, 정말.”

유정의 눈썹이 아래로 더 처졌다.

“아, 정 과장님 때문에?”

유정의 멘토인 정희준 과장은 한마디로 얄미운 캐릭터였다. 유정이 미리 봐달라 부탁한 기획안은 제대로 들여다보지도 않고서는 어제 유정이 기획안 발표에서 지적받은 부분에 관해선 “나도 그게 별로였어.”라며 주변에 떠들고 다녔다나.

"솔직히 기획안 안 도와준 건 서운하지도 않아. 과장님은 그냥 내가 뭘 해도 싫은가 봐. 가이드도 제대로 안 주고 일을 시키고 서는 사람들 다 있는 데서 얼마나 뭐라고 하나 몰라. 자기 기분에 따라서 오락가락 하는 게, 나를 무슨 감정 쓰레기통처럼 생각하는 것 같다니까?"

"그 정도면 인사과에 얘기해봐야 하는 거 아니야?"

"해결이 된다는 보장이 있으면 벌써 했지. 근데 인사과에서 뭘 해줄 수 있겠어? 희준 과장님이 날 때린 것도 아니고. 신입이라 징징거린다는 소리만 들을 것 같기도 하고. 연말 인사 평가도 코앞인데… 괜히 사무실에서 튀고 싶지 않단 말이야…."

윤슬은 보글거리는 부대찌개를 바라봤다. 라면 사리가 익으니 치즈가 녹아내렸고, 국물은 천천히 졸여지고 있었다. 눌어붙은 치즈가 마치 고민으로 얼룩진 두 사람의 마음 같았다.

"아유, 진짜 어쩌다 그렇게 이상한 멘토를 만났니… 그냥 똥 밟았다고 생각해."

"언닌 좋겠다. 기현 대리님 완전 좋잖아. 젠틀하고, 세심하고, 은근 잘 챙겨주고. 나도 그런 멘토 만났다면 회사 오는 게 맨날 신났을 텐데."

"아니야, 솔직히 말하면… 좀 불편해. 기현 대리님이랑 나랑 동갑인 거 알지? 대학교 시절부터 휴학 한번 안 하고 입사해서 착실하게 회사 생활을 이어온 기현 대리님 볼 때마다 중고 신입인 내 신세가 비교돼서 맘이 편치 않다니까. 동갑인데 멘토 멘티 사이인 것도 애매하고."

"아우, 뭘 그렇게까지 생각해. 언니가 대학교 재수한 것도, 학교 다니다 휴학한 것도, 취준생으로 지내다 다른 회사 거쳐 울 회사 온 것도, 다 그럴 만한 이유가 있는 건데. 뭐 어때? 그리고 그렇게 자상하게 잘 챙겨주는 멘토가 어디 있어. 날 봐, 날."

"…그래. 그렇게 생각해야지, 뭐. 너도 조금만 버텨봐. 참, 정 과장님 내년에 아프리카로 3개월 파견 나간다고 하지 않았어?"

유정은 고개를 끄덕이며 한숨을 길게 내쉬었다.

"대학생 자원봉사단 이끌고 가는 건데… 요즘 틈만 나면 가기 싫다고, 혼자 가는 건 너무 힘들 것 같다며 투덜대고 난리야."

"그래도 어쨌든 내년엔 사무실에서 얼굴 안 보니 얼마나 좋아? 잘 버텼다, 정유정."

"아, 크리스마스고 뭐고 올해가 빨리 가버렸음 좋겠다!"

윤슬은 유정의 머리를 쓰다듬었다. 그러자 유정은 기분 좋은 강아지처럼 눈꼬리를 한껏 내리며 깔깔 웃었다. 유정은 밥에 소시지와 묵은지를 정성껏 올려 입에 쏙 넣었다. 유정의 얼굴엔 금세 행복한 기색이 번졌다.

"그건 그렇고, 한승우 과장님 인상은 어땠어? 별명이 VMD팀 싸움닭이라던데?"

"싸움닭? 글쎄, 첫인상만 봐선 전혀 그렇게 안 보이던데."

반듯한 대학원생 같은 옷차림에 옅은 보조개를 보이며 웃던 승우 과장의 얼굴이 머릿속을 스쳤다. 유정이 목소리를 약간 낮추며 윤슬 쪽으로 몸을 기울였다.

"한승우 과장님은 자신이 납득되는 일은 깔끔하게 하는데, 일을 시킨다고 무조건 따르는 스타일은 아니래. 그래서 그쪽 팀장이랑도 몇 번이나 마찰이 있었다나 봐."

"누가 또 그렇게 디테일하게 인물 브리핑을 해줬대?"

윤슬은 웃으며 버너의 불을 줄였다. 유정은 어깨를 으쓱였다.

"물론 우리의 보급형 국정원 장민우 님이지. 그 오빠는 어디서 그런 소릴 듣고 다니나 몰라."

두 사람은 부대찌개를 말끔히 비웠다. 배가 차오르며 허기가 가시자 꾹꾹 눌러두었던 감정과 애써 외면했던 묵직한 생각들이 작은 여백을 틈타 서서히 떠올랐다.

"유정아, 나는 이 회사 들어오기 전에 '회사'라고 하면 떠올리던 이미지가 있었다? 팀이란 자고로 완벽한 조직이고, 신입은 다 차려진 밥상에 숟가락 놓는 일 정도만 하면 되는 줄 알았단 말이야. 가이드가 있고, 그 가이드대로 해내기만 하면 되는."

윤슬은 씁쓸한 목소리로 말하며 의자 뒤로 기대앉았다.

"근데 첫 번째 회사는 입사 1년 만에 문을 닫질 않나, 두 번째 회사의 팀은 내년 조직도에 붙어 있을지 없을지도 모르는 상황이질 않나. 신입이랑 과장 딸랑 둘이서 백화점 캐릭터를 만들어내라는 과제를 주질 않나. 이야기로 브랜드 마케팅 하는 곳인 줄 알고 왔는데, VMD팀에서 하는 일이랑 다른 게 뭔지 모르겠다니까? 회사 비전 같은 건 고사하고, 우리 팀의 역할이 뭔지도 감도 안 오고. 아, 내가 이상한 건가? 하하….”

윤슬의 웃음에는 허탈함과 불안이 뒤섞여 있었다. 유정은 고개를 위아래로 끄덕이며 스테인리스 컵에 남은 물을 소주 마시듯 입에 털어 넣었다.

“그러니까 말이야. 그런 회사는 판타지에서나 존재하나 봐. 나야말로 정희준 과장님 처음 만났을 땐 얼마나 세련되고 완벽해 보였게? 드라마에 등장하는 실장님 같았다니까. 근데 사무실에서 하루 8시간씩 얼굴 보며 일하는 건 완전 다른 얘기였던 거지. 하… 그래서 요새 회사 배경으로 하는 드라마는 쳐다도 안 본다니까.”

윤슬은 가스버너 불을 껐다. 노란 치즈는 어느새 꾸덕꾸덕한 냄새만 남긴 채 형체를 감췄다. 여전히 머릿속은 복잡했지만, 유정에게 하소연도 하고 얼큰한 부대찌개도 먹으니 기분이 조금 나아졌다.

부드러운 겨울 햇살이 창가에 스며들었다. 창문 너머로는 구름 무리가 빌딩 숲 위를 유유히 지나고 있었다. 하늘은 마치 컴퓨터 배경화면을 갖다 붙인 것처럼 비현실적으로 아름다웠다.

“괜히 구름 얘길 꺼내서 일이 커졌네….”

윤슬은 혼잣말을 하듯 중얼거렸다. 그 말끝에는 아주 작은 기대가 섞여 있었다. 구름처럼 언제 흩어질지 모르지만, 어쩌면 그 안에 새로운 길이 숨어 있을지도 모른다는 미세한 가능성이랄까, 그런 걸 찾아낼지도 모른다는 기대감. 기대하는 마음과 기대하고 싶지 않은 마음이 동시에 뭉게뭉게 피어올랐다. 앞으로 무슨 일이 벌어질지 모르는 추리 소설의 조연이 된 기분이었다.

윤슬은 구름 무리가 잽싸게 자취를 감추고 새로운 구름이 밀려오는 모습을 한참 동안 멍하니 쳐다보았다. 머릿속이 텅 빈 백지가 되는 기분이었다. 구름을 바라보는 건, 때로 명상과 닮아 있었다. 잡다한 생각이 구름 모양에 맞춰 조금씩 다듬어지고 가라앉다가 이내 사라졌다.

#2.

식사 후 잠깐의 산책을 마치고 회사 로비로 들어서는데, 앞서 가는 기현 대리가 보였다. 옆에 이준혁 팀장과 최아린 차장도 함께인 걸 보니 점심을 같이 한 모양이었다.

기현 대리가 윤슬을 보더니 순간 뭔가 떠오른 듯한 표정을 지었다. 그리고 곧 이준혁 팀장에게 돌아서서 몇 마디 건네고는 곧장 윤슬 쪽으로 걸어왔다.

"윤슬 씨, 우리 커피 셔틀 좀 해 올까요?"

기현은 손으로 브이자를 그려 보이며 법인카드를 살짝 흔들었다.

윤슬은 가슴에 파도라도 치듯 울렁거렸다. 결국 VMD팀으로 옮기기로 한 건가 하는 불안감이 스쳤다. 그리고 그런 생각은 기현 대리가 회사 근처에 있는 디저트 카페인 '헤이 시스터즈'에 가자고 했을 때 확신으로 변했다. 헤이 시스터즈는 회사에서 15분가량 떨어진 곳에 있어서 조용히 얘기 나누기에 적당한 아지트 같은 곳이었으니까.

카페에 도착해 새하얀 소파에 앉자마자, 윤슬은 참지 못하고 기현 대리에게 직구를 날렸다.

"그래서, 결정한 거예요?"

기현 대리가 피식 웃으면서 팔짱을 꼈다.

"내가, 뭘요?"

"아우, 답답하게 굴지 말고요. 자, 봐요? 우리 회사 근처에 카페가 몇 갠데, 굳이 여기까지 걸어와서 커피 셔틀한다는 게 말이 되냐고요. 그리고 제가 알기론 최아린 차장님 오늘 점심 약속 있었거든요? 있던 약속을 깨면서까지 대리님이랑 팀장님이랑 같이 밥을 먹은 거면 긴급한 사안이 있었다는 소리고… 진지 모드로 얘기해야 하는 거라면 결국 VMD팀으로 옮기게 됐다, 이런 스토리 아니겠어요?"

윤슬은 천재 탐정이 된 기분으로 추리를 펼쳐 나갔다.

기현 대리는 팔짱을 낀 채로 고개를 젖히며 웃었다. 기현 대리가 그렇게 웃는 걸 본 건 처음이었다. LP판에서 흐르는 올드 재즈가 치직거리는 소리와 함께 카페를 채웠다.

"아, VMD팀."

기현 대리는 말을 반복하며 잠깐 생각에 잠겼다.

“…거긴 아니고요.”

윤슬의 눈동자가 커졌다.

“네에…? 거기는 아니라는 소리는 또 뭔데요?”

기현은 따뜻한 라테를 한 모금 마시고, 헛기침을 두 번 하며 목을 가다듬었다.

“나 이직해요.”

기현 대리는 ‘몬스터트리’라는 영화나 드라마의 CG 작업을 전문적으로 하는 시각 특수효과 회사의 전략기획팀으로 이직한다고 했다. 윤슬은 축하한다는 말을 해야 한다는 걸 알았지만, 그 말이 목구멍을 올라오다 잠깐 멈췄다.

“…축하해요. 아우, 근데 대리님까지 간다고 생각하니까… 너무 아쉽네요.”

“축하한단 말보다 아쉽단 말이 은근 기분 좋은데요?”

기현이 소파 뒤로 기대어 앉으면서 웃었다. 윤슬은 입술을 살짝 오므리고 고개를 비스듬히 돌렸다.

“근데 전략기획 업무면 대리님이 해본 적 없는 일 아니에요?”

“흠, 그렇죠. 가봐야 무슨 일 하는지 제대로 감을 잡을 것 같아요.”

기현은 머릿 속으로 생각을 정리하려는 듯 잠깐 말을 끊었다.

“보통 사람들은 신입이니까 모르는 게 많다고 생각하잖아요. 근데 솔직히 경력이 쌓여도 모르는 게 많은 건 마찬가지인 것 같아요. 일은 매번 새롭거든요. 그저 아무렇지 않은 척하는 기술이 조금 더 늘고, 도움을 줄 사람이 누군지, 칼날을 숨기고 있는 사람은 누군지 구분하게 되는 정도랄까?"

기현 대리는 평소 말이 많지 않고 대답도 짧게 하는 편이라 오늘처럼 긴 호흡으로 말하는 모습이 낯설었다. 저 말이 어쩌면 스스로에게 이미 몇 번이고 되뇌었던 말인지도 모른다고, 윤슬은 생각했다.

"그러니까… 윤슬 씨도 일하는 방식에 정답지가 있다고 생각하지 말고, 그냥 자신만의 방식을 찾아봐요. 아마 고이연 본부장이 기대하는 것도 그런 게 아닐까요?"

윤슬은 아포가토에서 아이스크림이 반쯤 녹아내린 부분을 티스푼으로 쿡쿡 누르며 부루퉁하게 대답했다.

"후, 그래도 그렇죠. 한승우 과장님이랑 저랑 딸랑 둘이서 구름 프로젝트 한다는 얘기 들었죠? 아무리 생각해도 회사가 너무 주먹구구식인 것 같아요. 백화점 캐릭터를 만들라고 할 거면 적어도 전문가 도움 정도는 받게 해줘야 하는 거 아니냐고요."

마지막이라는 생각이 들어서인지 윤슬은 평소와 달리 기현에게 불만을 솔직하게 털어놓았다.

"전문가 도움이라면 받으면 되죠."

윤슬의 손이 멈췄다.

"…네?"

기현 대리는 씩 웃었다.

"저 대학 때 전공이 스페인어였거든요. 근데 부전공이 국어국문학이었어요. 팀 사람들한테 말한 적은 한 번도 없지만.”

“…국어국문학이요?”

윤슬은 기현 대리가 갑자기 딴소리하는 게 이상했지만, 국어국문학을 부전공했다는 얘긴 또 처음 들어서 목소리가 높아졌다.

“네, 저는 원래 시나리오 작가가 되는 게 꿈이었어요. 영화를 엄청 좋아했거든요. 꼭 시나리오가 아니라도 어떤 형태로든 글쓰는 사람이 되고 싶었어요. 그래서 열심히 써봤는데… 아무래도 안 되겠더라고요. 그래서 문예창작과를 갈까 했는데, 막상 글쓰기로 진로를 정하자니 자신이 없었어요. 고민하다가 주전공은 스페인어로 하고, 국어국문학을 부전공하면서 주변을 빙빙 돌았어요, 비겁하게.”

“이야, 국어국문학과 부전공이라니! 대리님 같은 사람이 구름 프로젝트를 해야죠. 너무해요, 이런 타이밍에 이직이라니.”

윤슬은 입술을 삐죽대다 문득 기현 쪽으로 고개를 홱 돌렸다.

“근데 그 말 무슨 뜻이에요? 전문가 도움 받을 방법이라면 찾아내면 된다고. 혹시 대리님이 사실은 우리나라 웹소설 분야를 휘어잡고 있는 익명의 거물 작가라거나… 그런 거 아니죠?”

“와, 윤슬 씨, 자질 있네요.”

“무슨, 왜… 왜요? 설마 진짜예요?”

“상상력이 만렙이라고요.”

기현은 반듯한 눈썹이 일그러질 때까지 웃었다. 그의 어깨가 가볍게 들썩였다.

"이번엔 상상력 말고 추리력을 발휘해봐요. 내가 퇴사 기념으로 선물 하나 줄게요."

#3.

　백화점 문화센터 강연장에는 사람들이 3분의 2가량 차 있었다. 강연을 기다리는 사람들이 소곤대는 목소리가 잔잔하게 파도 소리처럼 조금씩 커졌다 작아졌다를 반복했다. 사원증을 목에 건 직원이 앞에 나와 작가 약력을 소개한 뒤 호명하자, 연단 옆의 작은 문이 열리며 한 남자가 조심스레 걸어 나왔다. 그는 머리를 살짝 숙여 인사한 뒤 마이크 앞에 섰다.

　맨 뒷줄에 기현 대리와 나란히 앉은 윤슬은 자신도 모르게 고개를 쭉 뺐다. 작가를 실제로 보는 건 처음이었다. 윤슬의 경우엔 가족과 친척, 친구를 탈탈 털어 봐도 개인적으로 아는 작가가 단 한 명도 없었다. 그래서 윤슬은 작가란 세상 어딘가 존재하지만 자신에겐 평생 보이지 않을 유니콘 같은 존재라고 단정해버렸다. 그런데 지금 윤슬의 눈앞에 서 있는 작가는 너무 평범해 보여서 오히려 놀라울 지경이었다.

북토크의 주인공은 영 어덜트 판타지 소설 《고려 무사와 마녀 주막》으로 인기를 끈 30대 후반의 소설가 민성훈이었다. 소설 속 세계는 장엄하면서도 카리스마가 뚝뚝 묻어났는데, 작가의 얼굴은 귀여운 감자처럼 울퉁불퉁하고 동그랬다. 해사하게 웃는 모습은 마치 소년처럼 보이기도 했다. 쭈뼛대며 마이크를 손에 쥔 그는 잠시 머뭇거리더니 웃었다.

"북토크는 언제 해도 어렵네요. 그래도 독자 여러분을 만나는 건 늘 설렙니다."

그의 목소리는 조심스럽고 따뜻했다.

민성훈 작가는 30대 초반까지 광고회사 AE로 일하며 소설가를 꿈꿨다며 자신의 이야기를 먼저 꺼냈다. 광고 촬영 때문에 국내외로 출장 가는 일이 잦았는데, 출장지에서 이런저런 상상을 하며 이야기를 구상해보는 게 나름의 취미였다고 했다.

"그러다 어느 날 문득 생각했죠. '어, 내가 상상하는 세계와 인물에 관한 이야기를 만들어볼까?' 하고요. 그러자 마음속에 쩌렁쩌렁 울리는 듯한 소리가 들려왔어요. '네가 글을 쓴다고? 세상에 글을 잘 쓰는 사람이 얼마나 많은데! 이미 좋은 스토리는 세상에 넘쳐 나. 네가 굳이 보태지 않아도 된다고. 왜 쓸데없는 짓을 하려는 거야?' 틀린 말이 하나도 없어서 이야기를 써보려던 마음을 바로 접으려는데, 자그마한 속삭임이 마음 어느 한구석에서 튀어나왔어요. '…누가 너더러 이야기 써달라는 사람 있어? 네가 쓰기만 하면 책으로 만들어준다고 기다리는 사람 있어? 그냥… 쓰면 되는 거 아니야?'라고요."

강연장 안에 정적이 흘렀다.

윤슬은 그 말이 제 마음 어딘가를 톡 하고 건드리는 걸 느꼈다. 그냥 쓰면 되는 일. 그 말이 가슴속 어딘가에 뿌리를 내리는 것 같았다. 소설가는 말을 이었다.

"저는 마음속의 작은 속삭임에 고개를 끄덕였어요. 그리고 세상에 이야기를 내보이기 위해서라기보다, 제가 언젠가 읽고 싶었던 이야기를 스스로에게 보여준다는 마음으로 문장을 써 내려갔답니다."

자신이 언젠가 읽고 싶었던 이야기. 윤슬은 소설가의 말을 속으로 곱씹었다. 이어서 새로 나온 책의 집필 과정과 주제에 관한 설명까지 마치자, 질의응답 시간이 시작됐다.

"작가님은 이야기를 쓰는 과정에서 반드시 지켜야 하는 마음은 뭐라고 보시나요?"

밝은 갈색으로 염색한 짧은 머리 여성의 질문에, 민성훈 작가는 씩 웃더니 마이크를 든 채로 얼굴을 살짝 긁적였다.

"오, 좋은 질문이네요. 흠, 저의 경우엔 '기쁨'인 것 같습니다. 저는 무엇보다 글을 쓰는 과정이 즐거워야 한다고 보거든요. 그래야 계속 쓸 수 있고, 무엇보다 끝까지 쓸 수 있습니다. 신기하게도 문장에는 쓰는 사람의 깊은 곳에 자리한 감정과 내밀한 생각이, 마치 고기에 밴 양념처럼 은은하게 들어가 있어요. 쓰는 사람의 마음에 기쁨이 있어야 읽는 사람도 행복해진다고 생각합니다. 재미있는 이야기를 하느냐의 문제가 아니고요…."

윤슬은 옆자리에 앉은 기현을 흘낏 바라봤다. 기현은 고등학생 시절 글쓰기를 좋아했지만 결국 문예창작과를 가진 않았다고 했다. 자신이 글쓰기에 재능이 없다는 사실을 깨달았다는 이유로. 윤슬은 그 말을 하던 기현의 얼굴을 또렷이 기억했다. 뭔가를 잃어버린 사람의 얼굴이었다.

어떤 면에서 재능이 없다고 느꼈냐고 묻자, 그는 이야기를 끝까지 써 내려갈 수가 없었다고 대답했다. 이야기를 쓰다 보면, 어느 지점에서 꽉 막힌 벽을 만난 것처럼 진도가 나가질 않았다고. 윤슬은 문득 기현이 예전에 어떤 이야기를 썼는지 궁금해졌다. 그리고 어디서 꽉 막혀버렸는지, 나아갈 힘도 의지도, 더 이상 남지 않았는지 알고 싶었다.

"질문 안 해요? 이러다 끝나겠는데요?"

기현의 속삭임에 윤슬은 정신이 번쩍 들었다.

"…네? 질문요…?"

윤슬은 허둥지둥 대꾸하며 시선을 피했다. 작가는 마지막으로 질문 하나만 더 받고 북토크를 끝내겠다고 했다. 이내 윤슬은 눈을 질끈 감고 손을 번쩍 들었다. 기현은 그럴 줄 알았다는 듯한 미소를 짓고 있었다.

"아, 네. 거기 뒤에 여자분이요."

윤슬의 차례였다.

"작가님은 캐릭터를 어떻게 구상하시나요? 그러니까… 참고하시는 모델이 있는지, 어떤 과정을 통해 이야기 속 인물을 구체적으로 상상해내시는지 궁금합니다."

"아, 캐릭터요."

작가는 생각을 정리하는 듯 허공을 잠시 바라봤다.

"글쎄요, 저의 경우를 들어보자면요. 외부의 인물을 활용해 캐릭터에 적용하는 경우도 있지만, 먼저 내면을 돌아보면서 캐릭터의 윤곽을 잡는 편입니다. 그러니까… 마음속에서 다 꺼내지 못한 상실감이나 무기력감, 실패감 같은 감정을 하나씩 꺼내서 캐릭터에게 부여하는 식이죠. 그리고 캐릭터가 이 감정을 어떻게 극복하거나 소화해가는지 지켜봅니다. 저를 많이 닮았지만 저랑 분명히 다른 존재니까, 제가 질문을 하면 나름의 대답을 들려주기도 하더라고요."

작가의 대답을 듣는 사이 윤슬의 머릿속엔 더 많은 질문이 퍼져 나갔다. 콘텐츠전략팀이 끌어안고 있는 상실감과 초조함을 꺼내서 캐릭터로 만든다면? 운화백화점이 직면한 지속가능성에 대한 불안을 사회 초년생 직장인에게 투영해서 표현한다면? 그런 캐릭터라면 어떤 기질과 성격을 보일까?

"한 가지만 더 이야기할게요."

작가는 윤슬을 바라보며 말했다.

"캐릭터를 만드는 건 이제껏 들여다보지 않았던 내 모습을 자세히 살피는 일과 비슷해요. 새로운 인격체를 창조해낸다기보다는 이미 내면에 있던 모습을 발견하는 작업에 가깝죠. 그런 의미에서 이야기란 내면의 자신에게 보내는 기나긴 편지인지도 모릅니다.”

북토크가 끝나고도 윤슬은 쉽사리 자리에서 일어나지 못했다. 이야기란 자신에게 보내는 편지라는 작가의 말이, 뭐라 설명할 수 없을 만큼 희미하게, 그러나 지워지지 않을 듯한 자국처럼 남았다.

#4.

오랜만에 아이보리색 기모 후드티를 입으니 마치 이불 속에 들어온 것처럼 부드럽고 따뜻했다. 윤슬은 낡은 애착 운동화를 꿰어 신고 아파트 문을 나섰다.

밤사이 싸락눈이 날려서인지 토요일 아침 거리에는 눅눅한 공기가 느슨하게 풀려 있었다. 윤슬은 스텔라 장의 〈L'amour, Les Baguettes, Paris〉를 반복 재생 모드로 설정했다. 왈츠풍 리듬이 흐르자 평소 속도대로 걷는데도 춤추는 기분이 들었다. 스텔라 장의 맑은 목소리는 깨끗한 겨울 아침 공기를 닮아 있었다.

한 해의 마지막 토요일 아침이었다. 윤슬은 노래를 들으며 보문역 사거리와 안암역 사거리를 지나 대학교 교정을 가로지르는 길로 접어들었다. 겨울방학인 대학교는 텅 빈 동굴처럼 조용했고, 아침이라 자동차 소음과 오토바이 엔진소리마저 사라져 고요한 꿈속을 걷는 기분이었다.

윤슬은 자연스레 할아버지를 떠올렸다. 토요일 아침 산책은 할아버지의 오래된 루틴이었다. 어쩌다 보니 손녀인 윤슬이 할아버지의 산책 메이트가 되었고, 사춘기에 접어들던 중학교 2학년까지는 할아버지를 꼬박꼬박 따라나섰다. 할아버지는 보문동에서 철물점을 하셨는데, 원래 꿈은 시인이셨다. 그래서 철물점 한편에는 항상 노트와 시집이 있었고, 틈만 나면 읽고 쓰곤 하셨다.

윤슬이라는 이름을 지어준 분도 할아버지였다. 윤슬은 '햇빛이나 달빛에 비치어 반짝이는 잔물결'을 의미하는 순우리말인데, 점차 사람들이 쓰지 않아 사라지는 단어 중 하나인지라 할아버지는 손녀의 이름으로라도 꼭 남기고 싶어 하셨다. 할아버지의 얼굴은 이제 기억에서 희미해졌지만, 반짝이던 그 눈빛만은 여전히 윤슬의 마음에 남아 있었다. 그 눈빛은 마치 잊히지 않는 단어처럼, 마음 어딘가에서 늘 희미하게 빛을 발하고 있었다.

산책을 나선 지 40분쯤 지나자 겨울 햇살이 내려앉은 홍릉수목원이 보였다. 지금은 국립산림과학원으로 이름이 바뀌었지만, 윤슬에게 이곳은 여전히 홍릉수목원이었다. 윤슬이 할아버지와 앉아 율무차를 마시곤 했던 벤치도 그대로였다. 나무의 키가 더 크고 울창해졌을 뿐, 풍경은 조금도 변하지 않았다. 냉정한 겨울 바람도 이곳에선 쌩쌩 돌아다니지 못했다. 낮잠을 자는 고양이처럼 바람은 조용히 웅크렸다. 그래선지 햇살이 다른 곳보다 가까이에서 내리쬐는 듯했다.

윤슬은 할아버지가 자신의 이름을 고심하던 순간을 상상했다. 시인을 꿈꾸던 그는 첫 손녀딸에게 어떤 이름을 지어주고 싶었을까. 철물점에 앉아 혹은 홍릉수목원의 그루터기 의자에 앉아 이런저런 단어를 써보았을까? 그럼 '윤슬'이라는 이름은, 할아버지가 세상에 남기고 싶은 작은 편지 같은 거였을까?

윤슬은 자신의 이름이 사라질지도 모르는 순우리말 단어를 품고 있다는 사실이 새삼스레 느껴졌다. 그리고 그 점이 구름과 닮았다고 생각했다. 구름 역시 순식간에 모양을 바꾸며 사라지는 존재들이니까. 인간은 사라지는 것들을 기억하기 위해, 낚아채기 위해 이야기를 만들고, 시를 쓰고, 이름을 짓는 건지도 모른다. 윤슬은 하늘을 올려다보았다. 느릿하게 흘러가는 구름 한 줄이 햇살에 닿아 희미하게 번졌다.

문득, 운화백화점이 처음 세워질 때의 의미 역시 사람들에게서 서서히 잊히고 있는 것 같다는 생각이 들었다.

윤슬은 근처 카페의 창가 자리에 앉았다. 진한 아메리카노가 담긴 머그잔에선 김이 피어올랐다. 휴대폰으로 위키피디아에 정리된 운화백화점 연혁과 정보를 읽는 중이었다. 그러다 창밖을 올려다보니, 새파란 겨울 하늘에 딱딱하게 굳은 하얀색 물감 덩어리 같은 구름이 박혀 있었다.

운화백화점은 1986년 12월 17일에 백화점 사업에 본격적으로 뛰어들었다. 88올림픽 시즌 특수를 염두에 둔 전략이었다. 강남에 본사를 둔 유일한 백화점으로, 설립 당시엔 트렌드를 주도했다. 유럽 디자이너 브랜드를 편집 숍 형태로 들여오며 화제를 모았고, 미국에서 인기 있는 디저트 가게의 라이선스를 사 오는 데 성공하면서 젊은 세대의 핫플레이스로 자리 잡았다. 하지만 경영권이 오너가의 3세로 넘어가는 과정에서 법적 분쟁이 수년간 이어지고, 2000년대의 라이프스타일을 따라가지 못해 지점의 실적이 예상치를 밑돌면서 정체됐다. 오늘날에는 고급스러운 백화점이라기보다는 깔끔한 쇼핑몰에 가까우며…

윤슬은 볼펜을 집어 들고는 노트에다 '윤슬', '콘텐츠전략팀', '구름'이라고 썼다. 구름이라는 단어에 동그라미를 친 다음, 화살표시를 넣어 '운화백화점 캐릭터 : 해결되지 않은 마음'에 연결했다. 단단한 볼펜 촉이 천천히 미끄러져 내려가는 느낌이 꽤 근사했다. 모호한 형태로 떠다니던 생각이, 종이 위에 단단한 단어의 모양으로 선명하게 새겨졌다.

윤슬은 볼펜을 손가락 사이에 끼워서 뱅글뱅글 돌렸다. 방금 쓴 단어를 가만히 바라보다 아래쪽에 '사라질지 모르는 사소한 존재에 이름 붙이기'라 덧붙였다. 노트의 글씨가 한 줄, 두 줄 쌓여갈수록 윤슬은 오랜만에 자기 안쪽이 천천히 정돈되는 것만 같았다. 잔뜩 언 채로 움츠러들었던 시간이 다시 흐르는 기분이었다.

오후 5시가 넘어가자, 주변이 서서히 어두워지면서 노을이 내려앉기 시작했다. 구름은 황금빛 깃털처럼 빛나다, 이내 와인빛으로 붉어졌다. 주홍빛과 보랏빛이 뒤섞인 채 낮과 밤의 경계를 지켜보는 파수꾼 같기도 했다. 고개를 들어 바라보는 이가 없다면 구름은 결코 자신의 이야기를 들려주지 않을 터였다. 마음을 들여다보는 일 역시, 결국 구름을 바라보는 일과 닮아 있는 게 아닐까. 윤슬은 입술을 잘근잘근 씹다가, 노트에 '마음을 들여다보는 일'이라 적었다.

집으로 돌아가는 길, 윤슬은 할아버지에게 이야기를 들려주는 마음으로 천천히 걸었다. 오랜만에 심장 한편이 편안해지는 기분이었다. 쌓여왔던 불안이 조금씩 녹아내리는 느낌. 어둠이 내려앉았지만 저 멀리 새로운 구름 떼가 천천히 다가오는 게 보였다. 새하얀 구름 무리는 깜깜한 길목에 선 가로등처럼 은은하게 빛났다.

3장
미션, 파서블?

#1.

일상이 강물처럼 흐른다면, 그 흐름을 예측하기란 어렵지 않을 것이다. 익숙한 계곡과 평야를 흘러내리며 졸졸졸 흐르다 보면 일주일이, 한 달이, 한 계절이 그리고 한 해가 감쪽같이 지날 테니까.

하지만 강에도 예상치 못한 물길이 만들어지고 자연에도 이상기후가 밀어닥치듯, 일상엔 상상하지도 못한 일이 갑자기 번쩍이며 등장하기도 한다. 예를 들자면… 장민우가 구름 프로젝트 팀에 자원한 일 같은 거?

회의실에 나란히 앉아 있는 저 인간이 진짜 장민우가 맞나 싶어서 윤슬은 몇 번이고 힐끔거렸다. 장민우는 윤슬이 쳐다보는 걸 뻔히 알 텐데도 태평한 얼굴로 앉아 있었다.

장민우는 자기계발서에서 '성공 사례'로 등장할 만한 인물이었다. 다시 말해 항상 최고를 갈구하는 사람. 최선 이상을 해내려고 애쓰는 미라클 모닝 러버에, 스스로를 극단으로 밀어붙이면서 가능성을 시험하며 벼랑 끝에서 날개를 펼치고 날아가기를 즐기는 배짱과 역량을 가진 모험가이기도 했다.

윤슬이 이해할 수 없었던 건, 그런 장민우가 대체 왜 실속이라고는 찾아볼 수 없는 이 프로젝트에 자원했나 하는 점이었다. 이곳은 인사팀처럼 사내 정보가 빠르게 모이는 교역의 중심지 같은 부서도 아니었고, VMD팀처럼 회사의 에이스가 집결하는 핵심 부서도 아니었다. 언제 흩어질지 모르는 안개처럼 불투명한 미래를 얇은 유리잔 옮기듯 조심스레 들고 걸어야 하는 곳이 이 프로젝트 팀인데.

그리고 장민우가 구름 프로젝트 팀에 합류한 지 한 달이 지나서야 윤슬은 그가 이 팀을 자처한 납득할 만한 이유를 알게 됐다. 고이연 본부장이 자신의 인사 평가 소신을 얘기하면서, 새로운 일에 자발적으로 도전하고 진취적으로 자신만의 결과를 만들어 내는 사람에게 최고의 인사 고과를 주는 게 맞다고 했단다.

"요즘 신입들은 패기가 부족한 것 같아요. 신입 시절만큼 실패해도 괜찮은 때는 없는데. 도전할 대상을 스스로 찾아 나서는 신입이 우리 본부에도 있다면, 최고의 인사 고과를 주고 싶군요."

유정은 당시 고이연 본부장의 말을 전하면서 성대모사를 했는데, 꽤나 도도하게 구는 유정의 능청스러운 모습에 윤슬은 배를 붙잡고 한참을 웃었다.

어쨌든 장민우는 신입 때 최고의 인사 고과 점수를 챙길 수 있는 방법에 전략적으로 베팅을 한 셈이었다. 신입 때 최고 등급을 받기란 사실상 불가능에 가까운데, 실현 가능성이 희박한 프로젝트에 자발적으로 참여해 성과를 내보이겠다는 계산일 터였다. 이렇게 생각하니 그의 행동이 이상할 것도 없었다.

반면 윤슬의 옆자리에 앉은 유정이 합류한 건 꽤 자연스러웠다. 원래대로라면 유정을 괴롭히던 멘토가 1월에 해외 파견 근무를 가야 했는데, 대학생 자원봉사단을 홀로 이끌기엔 너무 힘들다면서 유정도 아프리카 봉사단에 넣으려고 온갖 구실을 만들었다고 했다. 유정은 며칠을 고민하다 희준 과장과 3개월이나 외국에서 숙식을 함께하며 대학생 봉사단을 이끄느니, 동기가 있는 신생 프로젝트 팀의 구름 프로젝트에 참여하며 고이연 본부장을 마주하는 게 낫겠다는 판단에 결국 콘텐츠전략팀에 자원했다. 이로써 프로젝트 멤버는 넷이 되었다.

***

"다시 말해서 도대체 이 프로젝트가 뭘 하려는 건지 제대로 이해하고 있느냐, 이 말입니다."

고이연 본부장의 목소리가 한 톤 높아졌다.

벌써 1시간째 깨지는 중이었다. 프로젝터 화면에는 캐릭터

‘엘로디’가 떠 있었다. 엘로디는 몸이 보송보송한 솜사탕 같은 구름으로, 진회색 눈동자에 털이 새하얀 고양이를 닮았고, 얼굴엔 해맑은 미소가 가득했다. 하지만 엘로디를 바라보는 고이연 본부장의 눈빛엔 온기라고는 없었다.

“프로젝트 팀이 꾸려진 지 벌써 두 달입니다. 지난번에 내가 뭐라고 했죠? 운화백화점이 고객의 마음을 읽어내는 공간이라는 메시지를 형상화해달라고 했습니다. 그런데 저 솜뭉치가 백화점과 무슨 관련이 있죠?”

한승우 과장이 조심스럽게 입을 열었다.

“아, 본부장님, 엘로디라는 이름은 음악의 ‘멜로디’와 작곡가 ‘엘가’의 이름을 결합해 만들었습니다. 엘가는 〈사랑의 인사〉를 만든 영국의 낭만주의 작곡가인데, 엘로디가 사랑 이야기를 담당하는 구름이라는 콘셉트라 붙인 이름입니….”

“아니, 고객이 이름만 들으면 그 의미를 찰떡같이 알아듣는 답니까? 아니면 한 명 한 명 붙잡고 설명이라도 할 건가요?”

고이연 본부장은 승우 과장의 말허리를 잘랐다.

“사람들이 그렇게 한가한 줄 알아요? 운화백화점 이니셜이 들어간 것도 아니고, 구름이라는 모티브도 잘 드러나지 않고요. 다른 회사 캐릭터로 갖다 붙여도 전혀 어색하지 않을 거라는 생각 안 듭니까?”

한승우 과장은 더 이상 말을 잇지 못했다.

“가장 기본적인 거 하나 물어봅시다. 여러분이 제안한 캐릭터가 가진 세계관이 뭡니까?"

마치 선생님에게 혼나는 학생들처럼 네 명의 프로젝트 팀원은 아무런 대꾸도 하지 못하고 고개만 숙이고 있었다. 그들을 잠시 바라보던 고이연 본부장은, 마음을 가다듬듯 길게 심호흡을 한 후 다시 말을 시작했다.

"알다시피 운화 센트럴 부산점 재오픈이 석 달 뒤예요. 다음 주까지 팝업스토어로 들어갈 브랜드와 공간 구성이 확정될 예정인데…"

본부장은 보고서를 탁 하고 덮었다.

"이대로는 그곳에서, 아니, 그 어떤 곳에서도 선보일 수 없습니다. 전부 다시 해 오세요. 캐릭터와 세계관, 구체적인 마케팅 계획과 예산안까지."

본부장은 다음 주 수요일까지 제대로 된 기획안을 다시 준비해 오라는 얘기를 끝으로 자리에서 일어났다.

프로젝터 불빛은 여전히 켜져 있었다. 아직 발표 자료 페이지가 한참 남아 있는데, 발표는 정지선에 걸린 채 그대로 멈춰버렸다. 스크린 속 엘로디만이 해맑게 웃고 있을 뿐이었다.

고 본부장이 또각거리는 구둣발 소리를 내며 사라지자 승우 과장은 긴 한숨을 쉬며 화면에 떠 있는 발표 자료를 닫았다.

회의실의 침묵을 깬 건 민우였다.

"하… 이 팀에 합류해서 두 달 내내 야근했는데. 또 '처음부터 다시'네요."

유정이 리모컨으로 프로젝터 전원을 끄면서 말했다.

"이러다 부산점 재오픈 때까지 못 할 것 같지 않아요?"

윤슬도 고개를 끄덕였다.

"그러게요. 뭐 하나 통과된 게 없잖아요. 아니, 그래도 보고를 끝까지 들어는 봐야 하는 거 아니에요?"

민우는 기지개를 쭉 켜더니 노트북을 닫으면서 자리에서 일어났다.

"이러고 앉아 있는다고 아이디어가 튀어나오는 것도 아닌데, 일단 나가는 거 어때요? 과장님의 비밀 아지트로 가기에 딱 좋은 날 같은데."

유정이 눈을 동그랗게 뜨며 한승우 과장을 바라봤다.

"…비밀 아지트라뇨?"

한승우 과장이 민우를 바라보며 피식 웃었다.

#2.

차창 밖으로 한강공원을 가리키는 표지판이 보이자, 차는 매
끄럽게 오른쪽 도로로 빠졌다. 한승우 과장이 운전하는 차에 탄
이들은 말없이 창밖만 바라보았다. 차창 너머로 한강 위에 노을
이 내려앉는 모습이 파노라마 사진처럼 길게 펼쳐지고 있었다.
붉은빛 하늘을 구름이 짙은 회색빛 띠를 그리며 가로질렀다. 빌
딩 숲 사이로 조금씩 보이던 하늘에만 익숙했는데, 넓은 한강 위
로 시시각각 변화하는 빛의 질감과 구름 빛깔이 펼쳐지는 거대
한 하늘을 마주하니 왜인지 낯설게 느껴졌다.

탁 트인 하늘 아래로 구름이 모양을 바꿨다가 이내 조용히 사
라지길 반복했다. 덧없이 사라지는 것들은 왜 이토록 아름다울
까. 윤슬은 생각했다. 어쩌면 구름은 인생을 은유하기 위한 신의

발명품이 아닐까?

평일인 데다 아직 겨울바람이 부는 2월이라 그런지 한강공원 주차장은 널널했다. 검은색 아디다스 트레이닝복을 위아래로 입은 30대 남자가 가볍게 달리고 있었고, 하얀색과 초콜릿색 푸들 두 마리와 산책 나온 모녀도 보였다. 커플 패딩을 맞춰 입은 연인은 뭐가 그렇게 재밌는지 깔깔 웃으며 손을 꼭 잡고선 스쳐 지나갔다.

"짠! 짠! 짠!"

맥주 캔이 경쾌하게 마주쳤다. 망원시장에서 포장해 온 프라이드와 양념 반반 치킨이 영롱한 자태로 빛났다. 어느새 해는 순식간에 사라졌고, 한강엔 달빛에 윤슬이 반짝였다.

유정이 양념 치킨 한 조각을 손에 든 채 질문을 던졌다.

"그러니까 여기가 승우 과장님의 비밀 아지트라는 거예요?"

승우 과장은 맥주를 한 모금 쭉 마시고 고개를 끄덕였다.

"뭐, 아지트라고 하긴 거창하고요. 러닝 크루랑 한강 뛸 때 보통 여기서 출발했다 돌아오곤 해서 자주 오는 정도예요. 치맥하기에 좋은 곳이라는 건 확실하죠. 특히 회사 사람들 마주칠 가능성이 제로니까. 하하."

승우 과장이 웃자 입가에 보조개가 선명하게 드러났다. 윤슬은 맥주 한 모금을 넘기고 기름기가 자르르한 프라이드치킨에 손을 뻗었다.

“한강이 이렇게 커다랗다는 게 새삼 신기해요. 하늘도 엄청 잘 보이고요. 아직 좀 춥긴 하지만, 덕분에 정신이 번쩍 드는데요?”

“그래도 오늘은 좀 따뜻한 편이라 다행이에요. 하, 세상이 이렇게 널찍한데 우린 맨날 좁은 사무실이랑 회의실에서만 사는 것 같네요.”

유정이 눈썹을 늘어뜨리며 헤실거렸다. 윤슬은 유정과 캔을 부딪치고 맥주를 다시 한 모금 넘겼다. 고개를 한껏 젖히고 들이켜는 캔맥주는 머릿속이 얼얼해지도록 시원했다.

“아, 오늘 본부장님은 우리 보고를 먼지 한 톨 안 남게 탈탈 털었네요.”

“그쵸, 그러시려고 아예 작정을 하고 뒤 회의랑 보고 일정도 쫙 미루신 것 같던데요. 중간에 쉬는 시간도 없이 스트레이트로 혼났더니 머리가 어질어질하네요.”

민우는 맥주 한 캔을 새로 따면서 윤슬을 쳐다봤다.

“근데요, 세계관이란 게 대체 뭐예요?”

윤슬은 프라이드치킨을 또 한 조각 집으려던 손을 멈췄다.

“그걸 왜 나한테 물어요?”

“아니, 잡지사 다녔다면서요. 글 써본 사람이니까 세계관이 뭔지도 알지 않아요?”

“잡지사 다녔지, 출판사 다닌 게 아니거든요? 몰라요, 세계관 그런 거.”

윤슬이 고개를 저으며 치킨을 한입 물자, 바사삭하는 소리가 났다. 민우는 고개를 갸웃하며 맥주를 한 모금 들이켰다.

"요새 아이돌 그룹도 세계관이 있다고 하던데, 뭐 그런 걸 얘기하는 건가…?"

민우와 윤슬이 아웅다웅 실랑이하는 사이, 승우 과장이 휴대폰으로 뭔가를 열심히 찾아보다 고개를 들었다.

"ChatGPT에 물어보니까 상세하게 설명해주긴 하는데… 읽어도 솔직히 무슨 소린지 잘….""

어디 봐요, 라며 승우 과장의 휴대폰을 낚아채 들여다보던 유정은 눈을 동그랗게 뜨고 미간을 좁히면서 말했다.

"그러니까… 이야기의 세계관이란 이야기 속 규칙과 질서, 가치관 그리고 환경을 얘기한대요. 세계관에는 크게 물리적 배경과 사회적 배경과 내적 논리가 있는데….""

유정은 여기까지 읽다 그만두고 혀를 찼다.

"와, 이 정도면 뭐… 거의 우주를 하나 만들어내라는 소리 아니에요? 너무 거창한데요?"

유정은 재빠른 손놀림으로 ChatGPT에게 질문을 추가했다.

"여기 좀 봐요. 내가 '브랜드를 상징하는 캐릭터에도 세계관이 필요한가요?'라고 물었거든요? 그랬더니 ChatGPT가 '브랜드 캐릭터에 세계관이 있다면, 고객은 단순히 제품을 소비하는 게 아니라 캐릭터의 이야기에 참여하게 됩니다. 이것이 브랜드 충성도와 팬덤을 만드는 핵심이에요'라고 답변하네요. 하아, 결국 세계관이 필수적인가 봐요.""

유정이 승우 과장에게 휴대폰을 넘겨주고는 맥주를 한 모금 넘기더니 한숨을 푹 쉬었다. 민우가 짧은 머리카락을 긁적이며 말했다.

"근데 말이에요. 우린 백화점 캐릭터를 만드는 미션을 받은 거였지, 캐릭터를 통해 이야기를 만들라는 미션을 받은 건 아니지 않았어요? 이제 좀 헷갈리기 시작하는데요…?"

"그러게요. 고이연 본부장님은 우리가 넷플릭스 드라마 시리즈라도 쓰길 바라는 걸까요?"

윤슬의 말에 다들 맞장구치면서 맥주캔을 마주쳤다.

한승우 과장이 오른손으로 턱을 괴고 잠시 생각하다가 말했다.

"그러고 보니 우리가 그래도 구름 프로젝트 멤버인데, 각자에게 구름이 어떤 이미지인지 혹은 무슨 의미를 갖는지, 그런 얘기는 한 번도 안 한 것 같아요. 다들 어때요?"

유정이 먼저 입을 뗐다.

"음, 저는요. 비행기 타면 하늘에서 보송보송한 구름을 내려다보는 게 너무 좋았어요."

유정의 눈썹이 웃음을 따라 반달처럼 부드럽게 휘어졌다. 유정은 하늘을 너무 좋아해서, 어렸을 적엔 조종사가 되는 게 꿈이었을 정도였다고 했다.

통통하고도 야무진 손으로 캔을 들어 올려 맥주를 한 모금 마신 뒤 유정은 말을 이었다.

"오죽하면 친구들이 절 '하늘성애자'라고 불렀어요. 그 정도로 하늘의 새도, 비행기도, 구름과 해와 별까지, 다 좋아해요. 여행지에 가면 하늘 사진 찍는 게 취미기도 하고요. 한승우 과장님은 어때요? 구름 좋아하는 편이에요?"

승우는 한강 위로 탁 트인 하늘을 휘휘 둘러보며 말했다.

"저는 구름 자체를 좋아한다기보다는, 바다와 그 위에 떠 있는 구름을 한 세트로 애정하는 것 같아요. 하늘에 실낱같은 구름이 흘러 다니듯 옅게 깔린 날에도, 바다 위에선 작은 섬이 떠 있는 것처럼 올망졸망 구름이 생기곤 하잖아요. 그리고…"

승우는 머릿속으로 어떤 장면을 떠올리는 것 같았다.

"짙은 회색빛 덩어리 구름 사이로 햇살이 연하게 내려올 때 생기는 오묘한 빛깔도 좋아해요. 햇살이 마치 아주 얇은 베일에 싸여 있는 듯해서, 유심히 관찰하지 않으면 발견할 수 없는 비밀스러움이 느껴지거든요. 회색의 우울함을 뚫고 부드럽게 감싸듯 내리쬐는 햇살이 다정하게 느껴지기도 하고…."

승우는 속을 알 수 없는 사람이었다. 늘 잔잔한 말투에 다정한 얼굴이었지만, 어딘가 비밀스러운 구석이 있었다. 한 팀으로 구름 프로젝트를 진행한 지 두 달이 넘어가는 동안 누구도 승우가 번아웃에 시달리고 있다는 걸 눈치채지 못했다. 어쩌면 그 스스로도 완전히 지쳐 있다는 사실을 인정하기 싫은지도 몰랐다.

바다 위에 뜬 구름의 신비로움을 좋아한다는 승우의 말을 들으며 윤슬은 오래전 해운대 바닷가의 기억을 떠올렸다. 윤슬의 할아버지 고향은 부산이었다. 할아버지의 형제와 친척 중엔 평생 부산에 사신 분들이 많았고, 그래서 윤슬의 부모님은 할아버지를 모시고 해운대 바닷가에 놀러 가서 종종 여름휴가를 보내곤 했다.

윤슬이 겨우 여덟 살 꼬마였던 무렵이었지만 할아버지랑 바다에서 같이 해가 뜨는 걸 보던 그날은 아직도 생생했다. 여름이라 새벽이 채 깨어나기도 전에 해가 떠올랐고, 어린 윤슬은 연신 하품을 하며 백사장에 앉아 있었다. 바닷가의 공기엔 소금기와 물냄새가 뒤섞여 있었고, 할아버지는 하염없이 수평선을 바라보며 아스라이 사라져가는 구름을 이따금 손으로 가리키고는 혼잣말하곤 했다. 어린 윤슬은 뭐라고 꼭 집어서 표현할 수는 없었지만, 그게 할머니를 그리워하고 기억하는 할아버지만의 방식이라는 사실이라는 걸 어렴풋하게 느낄 수 있었다.

"그래서, 윤슬… 님은… 어떤 구름을 제일 좋아해요?"

유정이 맥주 캔을 툭 맞대며 말했다. 유정은 윤슬에게 평소 언니라고 부르며 반말을 하지만, 회의 같은 공식적인 자리에선 서로 존댓말 쓰기로 한 터였다. 평소와 호칭을 달리하려니 영 어색한 모양이었다.

"음, 저는… 제 맘대로 '촛불 구름'이라고 이름 붙인 구름이 있어요. 노을 지는 하늘을 보다 보면, 구름 중에서 햇살이 닿은 부분은 황금빛으로 빛나면서 반대편은 진한 회색빛으로 남아 있곤 하잖아요. 그게 꼭 촛불이 '짠' 하고 켜진 모습 같더라고요. 그걸 보면, 소원을 빌면 꼭 이뤄질 것 같아서 좋아요. 게다가 그 구름은 해가 완전히 넘어가도 잔광을 받아서 얼마간 은은하게 빛나거든요. 천천히 빛이 사그라드는 모습까지 진짜 근사해요."

"이야, 구름에 이름 붙일 정도라니. 구름 장인이 따로 없네요, 진짜!"

유정이 손뼉을 쳐가면서 호들갑을 떨었고, 이내 모두의 시선은 자연스레 민우에게로 옮겨 갔다.

"아, 이번엔 저예요? 하하, 저는 뭐… 사실 그렇게 감성적인 인간이 아니라서요. 딱히 구름에 대해서 깊이 생각하거나 느껴본 적이 솔직히 없어요."

민우는 잠시 망설이다 말을 이었다.

"근데 요새 구름 프로젝트를 하면서 구름에 대해 생각해볼 기회가 많았는데요, 저에게 아지트가 있다면… 저 구름 속 같았으면 좋겠다 싶더라고요. 다른 사람 눈에 띌 리도 없고, 비 오는 날에도 비를 맞지 않을 수 있는 곳 같달까? 뭐, 그런 마음이 들었어요."

"오, 비밀 아지트라니? 보급형 국정원의 비밀 은신처, 이런 콘셉트 어때요? 오, 스파이 영화 한 편 나오겠는데요!"

"지금 이거, 나 놀리는 거죠?"

넷은 와르르 웃으며 다시 한번 맥주 캔을 마주쳤다.

잠깐의 정적 후, 승우가 말을 꺼냈다.

"그러면, 지금 우리 문제는 구름이랑 운화백화점을 어떻게 연결하냐는 거네요?"

승우의 말에 윤슬이 고개를 저으면서 말했다.

"그뿐이겠어요. 참신한 마케팅 계획도 필요하죠."

유정이 윤슬의 어깨에 기대며 한마디 얹었다.

"여기, 기발한 예산안도 추가요."

다들 피식거리고 있는데, 한강 너머를 바라보던 민우가 벌떡 일어났다.

"와, 저기 하얀 연기 보여요? 공장인가…? 저기 저 굴뚝처럼 생긴 거에서 연기가 솔솔 올라오는 거요. 구름 같지 않아요?"

민우가 손가락으로 가리킨 곳을 바라보니, 새하얀 연기가 오른쪽으로 가지런히 머리를 빗은 것처럼 한 방향으로 흐르고 있었다. 짙은 남빛을 닮은 밤하늘을 헤엄치는 것처럼 보이기도 했다. 윤슬은 그 장면에서 눈을 떼지 못했다. 뭔가 만들어지고 이내 사라지는 찰나를 목격한 느낌이었다. 구름인지 연기인지 모를 저것이, 누군가의 기대와 회의 사이 그 어딘가를 떠다니는 이번 프로젝트와 닮아 있었다.

윤슬은 연기가 하늘 위로 올라가 완전히 사라지는 모습을 물끄러미 쳐다봤다.

"그러게, 구름 공장인가? 이렇게 보니까 또 신기하네."

승우 과장이 중얼거리는데, 민우의 눈이 반짝였다.

"캐릭터 마케팅을 한다면, 옥상 공간을 활용해보면 어때요?"

"…옥상?"

"본점 옥상에 있는 하늘 정원이랑 비슷한 콘셉트로 센트럴 부산점도 정원 공사 중이라고 하더라고요. '구름'을 소재로 한 캐릭터니까 구름과 가장 가까운 공간인 옥상에서 소개하면 말이 되죠.”

승우 과장은 ‘흠’ 하고 짧게 소리 내면서 옅게 웃었다.

“옥상이라. 적어도 경쟁이 치열하진 않겠네. 다른 공간에 비해 비용도 덜 들 테고. 괜찮을 것 같은데? 그런데…”

승우 과장은 고민하듯 팔짱을 꼈다.

“그보다 먼저 풀어야 하는 문제는 구름이랑 백화점을 어떻게 연결하게 하느냐는 점일 것 같고….”

구름과 꽃이 있는 마을, 운화동. 이곳에 있는 운화백화점과 캐릭터, 구름을 어떻게 연결할까? 몇 가지 아이디어를 떠올려봤지만 마음을 훅 빼앗길 만큼 매력적이진 않았다. 어디선가 한번쯤 들어본 듯한 진부한 서사라서 아이디어를 입에 올리자마자 고이연 본부장이 뭐라고 할지 뻔했다.

“맞다, 윤슬 씨 요새 글쓰기 수업 듣는 건 잘 되어 가요?”

승우 과장이 치킨 무를 젓가락으로 집으며 주제를 슬쩍 돌렸다. 윤슬이 민성훈 작가가 운영하는 글쓰기 수업을 듣게 됐다는 얘기가 떠오른 모양이었다.

“그럼요, 아직 한 번밖에 안 갔지만. 이번 주 과제도 미리 해서 제출했다고요.”

윤슬이 손가락으로 브이를 그리자 민우가 혀를 찼다.

“오오, 구름 프로젝트는 판판이 깨지는 중인데, 글쓰기 수업 과제는 심지어 ‘미리’ 했어요?”

"아니, 이게 회사 일이 아니라 그런지 모르겠는데, 그냥 막 쓰다 보니까 재밌더라고요. 처음에는 엄두가 나지 않아 막막했는데… 여긴 내 글을 평가하기보다는 삶을 나누는 자리라 그런가 마음이 편했어요."

유정이 치킨 한 조각을 더 집어 들며 물었다.

"다른 사람들도 글을 다 써 와요?"

"그럼요, 좀 늦게 올리는 사람은 있지만. 암튼 다 써 와요. 다른 사람들이 써 온 글을 낭독하는 걸 듣고 있으면, 그 사람의 인생을 살아보는 기분도 들고 좋더라고요."

"그러면 거의 뭐 북토크 같은 분위기겠네. 한 달에 한 번 간다고 그랬죠? 또 언제 가요?"

승우 과장의 질문에, 윤슬은 일정 앱을 확인하며 대꾸했다.

"언제였더라. 수요일 저녁인데요. …어? 어?? 아쒸, 오늘이네?!"

윤슬은 맥주 캔을 얼른 내려놓은 뒤 허겁지겁 가방을 챙겨 택시를 호출하면서 주차장 쪽으로 달려갔다. 다들 윤슬의 뒷모습을 바라보며 깔깔대다 한결 가벼워진 얼굴로 대화를 이어갔다.

밤바람이 가로등 불빛에 반짝이는 한강 물결 사이를 휘휘 스쳐 지나갔다. 2월의 끝자락 밤공기에는 미묘한 봄의 기운이 깃들어 있었다. 치킨은 적당히 식어 미지근하고 짭조름해서 시원한 맥주와 더욱 잘 어울렸다. 한강 위로 떠오른 새하얗고 동그란 달이 강 건너편의 굴뚝에서 새하얗게 피어오르는 연기와 움직임을 멈추고 가만히 떠 있는 구름과 어우러져 그림책의 한 장면 같았다.

#3.

"그러면 이번엔 반짝반짝 님의 글을 읽어볼까요?"

글쓰기 수업에선 서로를 실명 대신 별명으로 불렀다. 윤슬은 고민하다 자신의 별명을 '반짝반짝'으로 정했다. 자신을 바라볼 때 반짝반짝 빛나던 할아버지의 눈동자를 좋아해서였다.

윤슬은 자신의 글을 다른 사람 앞에서 읽어보는 건 처음이라 코끝이 간질간질했다. 별거 없는 내면을 낯선 이들 앞에 내놓아 보이자니 창피하기도 했다. 하지만 '반짝반짝'이라는 별명을 써서인지, 마음이 한결 편했다.

윤슬은 입술을 두 번 잘근잘근 깨물다가, 천천히 글을 읽어 내려가기 시작했다.

나는 싸락눈입니다. 나는 가느다랗게 먼지가 나풀거리듯 내려앉은 다음, 금세 흔적도 없이 사라집니다. 종일 집에만 있던 사람은 내렸는지도 눈치채지 못할 만큼 조심스럽게 내리는 눈입니다. 저는 상대가 그어놓은 선을 생각 없이 넘진 않는지 생각하는 눈입니다. 때로 눈발이 거세지면 함박눈으로 바뀌기도 하고, 가끔 구름이 가벼워지면 진눈깨비나 빗줄기로 변신하기도 하지만, 나는 눈치를 잘 보는 싸락눈입니다.

원래 나는 함박눈을 닮은 사람이었어요. 타인에 대한 저의 관심을 아낌없이 표현하는 사람이었습니다. 하지만 점차 알게 되었습니다. 내가 무조건 퍼준다고 그걸 누구나 반기지 않는다는 걸요. 세상에는 혼자만의 세계가 필요한 사람도 있고, 다양한 관점으로 서로를 바라보는 사람 역시 있음을 이제는 압니다. 그래서 친한 사람에게도 어느 정도 거리를 두고 다가갑니다. 나의 존재가 무겁지 않도록, 소복소복 내려앉도록요.

나의 글 역시 싸락눈을 닮았으면 좋겠습니다. 바람이 불면 바람결을 따라 그대로 흩날리는 자연스러운 문장을 쓰고 싶습니다. 싸락눈처럼 부드럽고 따스한 마음이 드러나서 읽는 사람들의 마음이 편안해졌으면 좋겠습니다. 눈보라처럼 휘몰아치거나 함박눈처럼 풍경을 꽉 메우며 쏟아지진 않더라도, 사부작사부작 사람들의 마음속에 파고들었으면 좋겠습니다. 꽁꽁 얼어 있는 마음에 부드럽게 내려앉기를, 자신도 모르는 사이 옷깃을 적시는 이슬비처럼 평범한 일상을 살다가 문득 떠오르는 문장이길 소망합니다. 나는 싸락눈입니다.

문장을 천천히 읽어나가자, 글을 쓰던 순간의 감각이 하나둘 떠올랐다. 머릿속에서 복잡하게 얽혀 있던 실타래가 조금씩 풀리던, 혼란스럽던 생각들이 선명한 형태를 갖춰가던 순간의 느낌까지 되살아났다.

이번 과제는 자신을 무언가에 비유해서 소개하기였다. 윤슬은 며칠을 고민했지만, 끝내 답을 찾지 못한 채 아무것도 쓰지 못했다. 결국 자포자기한 심정으로 불을 끄고 자려고 침대에 누워 있는데, 깜깜한 방 창문 너머로 노란 가로등 불빛이 스몄다. 그 불빛을 바라보다가, 문득 윤슬의 머릿속에 싸락눈이 떠올랐다.

진승호 편집장과 면담하던 날, 통유리 너머로 가볍게 날리기 시작하던 눈송이. 기현과 운화역으로 걸어가던 날, 팔랑거리듯 내려앉던 자그마한 눈발. 같은 싸락눈이지만, 함박눈이 되기도 하고 진눈깨비로 변하기도 하던 모습도.

윤슬은 자리에서 일어나서 노트에 단어 몇 개를 적었다.

싸락눈, 함박눈과 진눈깨비 사이, 경계선, 내가 쓰고 싶은 글.

담고 싶은 단어가 한데 모인 모습을 보니 비로소 집을 지을 재료를 갖춘 듯한 기분이 들었다. 윤슬은 "나는 싸락눈입니다."라는 문장을 쓴 뒤 한동안 가만히 바라봤다. 그리고 그 뒤를 이을 문장들을 하나둘 떠올리기 시작했다.

솔직히 말하면, 쓰기 전의 머릿속은 엉망이었다. 마치 양말 한 짝이 구겨진 채로 옷장 위에 올라가 있고, 읽다 만 책이 바닥에 널브러져 있으며, 침대 위에는 이불이 돌돌 말린 채로 아무렇게나 내팽개쳐져 있는 방처럼. 그런데 손가락과 키보드가 맞닿는 경쾌한 리듬을 찾고 나니, 그다음부터 머리가 아니라 몸이 글을 써 내려가기 시작했다. 손끝이 먼저 움직이고 마음이 따라오는 묘한 리듬 속에서, 생각 대신 감각이 문장을 지어내는 격이었다. 키보드 위를 춤추듯 오가는 손가락은 스스로 움직이는 로봇 청소기처럼, 엉망인 머릿속을 차근차근 정리해 나갔다. 머릿속에서 새하얗게 날리던 싸락눈의 이미지와 의미가, 어느새 문장 위에 내려앉았다.

윤슬은 쓴 글을 다시 읽어보았다. 잡지사에서 글을 쓸 때와는 분명 달랐다. 그곳에선 선명한 마감 시간이 팽팽하게 당겨져 곧 끊어질 것만 같은 줄처럼 대기 중이었고, 다들 집중력이 흐릿해지지 않도록 서로를 다그치고 또 채근하며 글을 써내야 했다. 클라이언트가 있는 광고성 글도 있었고, 독자의 입맛을 고려한 맞춤형 요리 같은 글도 있었고, 한 팀이 다 달라붙어서 쓰지만 한 사람이 쓴 것처럼 보여야 하는 글도 있었다. 내가 아닌 다른 어떤 존재를 위해, 규격과 형태에 갇혀 쓴 글이었다.

하지만 이번엔 달랐다. 누구를 위한 글도 아니었고, 평가도 중요하지 않았다. 오롯이 나를 위한 글이었다. 완벽한 문장은 아니었지만, 진심이 고스란히 담긴 문장이었다. 누군가 자신의 말을 아주 정성스럽게 들어준 것만 같았다. 쓰면서 느낀 몰입감과 해방감 역시 좋았다.

글을 낭독하는 동안 몸은 이곳에 있어도 마음만은 아주 먼 곳까지 여행을 다녀온 기분이었다. 누구도 함부로 들어올 수 없는 나만의 아지트로. 자신에게 아지트가 있다면 구름 속 같으면 좋겠다던 민우의 말도 떠올랐다.

"산문시 같은 글이네요. 싸락눈을 자신의 성격이나 삶에 대한 태도에서부터 쓰고 싶은 글까지 연결하는 장치로 쓴 시도가 좋았어요. 특히 마지막 부분이 근사하네요. '옷깃을 적시는 이슬비처럼' 누군가에게 스며드는 문장을 쓰고 싶다는 표현이요."

민성훈 작가가 짧게 감상평을 더했고, 글방 사람들은 고개를 끄덕이며 박수를 쳤다.

윤슬은 자신의 차례가 끝나고 나서야 다른 사람들의 낭독에 제대로 귀 기울일 수 있었다. '날마다 산책' 님은 머리가 새하얗게 세고 풍채가 좋은 할머니였는데, 자신의 글을 스스로에게 보내는 연애편지라고 표현한 점이 멋졌다. 자신을 등대지기에 비유한 '밤바다' 님의 낭독을 들을 때는 머릿속에 그림책이 한 장한 장 펼쳐지는 듯했다.

그녀는 눈앞의 사람들을 바라보았다. 누군가는 오래된 상처를, 누군가는 잊고 있던 희망을 문장에 담고 있었다. 그 순간, 윤슬은 깨달았다. 이곳에 모인 사람들은 서로 다른 경험을 쌓으며 각자의 인생을 살아온 타인이지만, 문장을 나누는 시간만큼은 '이야기'라는 세계 안에서 같은 하늘을 바라보는 여행자가 된다는 사실을. 다들 하늘을 떠다니다 사라지고 마는 구름 같은 마음을 한 조각씩 간신히 붙잡아 문장을 써냈다는 사실도.

***

길고 긴 하루의 끝자락이었다. 윤슬은 지하철역에서 나와 집으로 뚜벅뚜벅 걸어가면서 밤하늘 아래로 반짝이던 한강을 떠올렸다. 강 건너편에서 새하얗게 뿜어져 나오던 굴뚝 연기도, 각자의 구름에 관한 이야기도. 운화백화점을 구름 공장으로 비유해서 표현하면 어떨까? 구름과 백화점을 어떻게 연결할지는 여전히 모호하기만 했다.

휴대폰을 열어보자 단톡방에 메시지가 소복하게 쌓여 있었다. 한강 사진에 이어 치킨과 맥주 사진도 있었다. 메시지를 보니 이제야 다들 각자 집으로 향하는 중인 듯했다. 윤슬에게 수업은 늦지 않게 잘 갔냐 묻는 메시지에 답글로 브이를 그리는 이모티콘을 보내고는 "저도 맥주 더 마시고 싶었는데!!"라고 답장했다. 단톡방에 배를 두드리며 웃는 꼬마 이모티콘과 맥주 이모티콘이 윤슬을 놀리듯 연이어 등장했다.

윤슬은 휴대폰을 보며 피식 웃다가, 불현듯 할아버지의 말을 떠올렸다. 해운대 바닷가 모래사장에 앉아 노을을 바라보며 하시던 말이었다.

"바다 위에 떠 있는 구름은 참 이상하지. 수평선 위로 아스라이 나타나선, 꼭 어디론가 떠나가는 것 같단 말이야. 그것도 아주 길고 긴 여행을."

당시 여덟 살이었던 윤슬은 할아버지의 말이 무슨 뜻인지 몰랐다. 할머니가 돌아가신 지 1년이 되던 즈음이었다는 사실과, 할아버지의 목소리가 가늘게 떨리고 있었다는 사실을 결합해서 말 뒤편의 의미를 추론해내기엔 너무 어린 나이였다. 다만 보드라운 모래가 발바닥을 간지럽히고 바람이 휘이잉 불어 쌀쌀했지만, 윤슬은 할아버지에게 빨리 들어가자 보채지 않았다. 그 어린 마음에도 할아버지의 시선이 바다 너머 어딘가를 향하고 있다는 걸, 할아버지의 마음이 어디론가 떠나가고 있다는 걸 느껴서였는지도 몰랐다. 오늘 갔던 한강에서 보았던 구름도 그날 본 구름과 닮아 있었다. 남빛 하늘에 떠 있는 새하얀 구름은 떠날 준비를 마친 여행자처럼 두둥실 어디론가로 흘러가고 있었으니까.

이야기를 만든다는 건, 편지를 넣은 작은 유리병을 망망대해에 띄우는 일과 닮았다고 윤슬은 생각했다. 그 유리병이 어디로 떠밀려갈지, 가라앉을지, 폭풍우를 만나 깨져버릴지, 바다 어디까지 가닿을지는 알 수 없는 일이다. 어쩌면 이야기 역시 바다를 떠도는 유리병처럼, 눈앞에서 마음을 일렁이게 만들다 이내 어디론가 떠나는 건 아닐까.

#4.

백화점 옥상에서 내려다보이는 사거리에는 큼직한 전광판이 서 있었다. 전광판에서는 봄을 맞이해 진행되는 무신사의 파격 할인 프로모션 안내에 이어, 벚꽃길을 유유히 달리는 메르세데 스 벤츠 광고가 영화의 한 장면처럼 흘러나오고 있었다. 광고 화 면의 반짝임이 윤슬과 유정의 얼굴에 카메라 플래시처럼 비치며 지나갔다.

"옥상 정원의 전설? 우리 백화점에 그런 게 있어?"

윤슬은 처음 듣는 얘기였다. 유정은 어제 윤슬이 글쓰기 수업 에 가고 난 다음에 나왔던 얘기라면서, 말을 이었다.

"아주아주 오래전에, 그러니까 우리 백화점이 세워지기 전에, 여기가 꽃밭이었대. 근데 전쟁으로 헤어질 수밖에 없었던 한 연인이 '다시 만나면 저곳에 예쁜 정원을 만들자'라고 약속했다더라고."

"어머, 그래서?"

점심시간이라 북적일 만도 한데, 백화점 옥상은 한적했다. 아무래도 흐릿한 하늘에 금세라도 비를 뿌릴 듯한 먹구름이 서서히 퍼져나가고 있기 때문인 것 같았다.

유정은 망고 스무디를 한 모금 마시더니 말을 이었다.

"수십 년 후, 이 자리에 백화점이 지어지게 되자 누군가 몰래 옥상에 정원을 가꾸기 시작했대. 물도 주고 비료도 주고 씨앗도 심고. 심지어 어떤 날에는 예쁜 꽃다발 두 개가 놓여 있기도 하고, 그랬대."

윤슬이 피식 웃으면서 아이스 아메리카노를 마셨다.

"허어, 전설은 전설이네. 백화점에 누가 그렇게 몰래 옥상 정원을 가꿀 수 있겠어?"

"바로 그게 이상한 점이지. 그래서 항간에는…"

유정은 가까이에 사람이 없는지 주변을 다시 한번 확인한 뒤에 소곤거렸다.

"여기, 운화백화점 창립자가 헤어진 연인을 잊지 못하고 옥상에 정원을 만든 게 아니냐, 하는 이야기도 돈대. 직접 정원을 가꾸면 아무래도 너무 티가 나니까 정원사를 따로 고용해서 만들고 지금도 관리하고 있다, 뭐, 그런 이야기?"

"헤에, 그게 사실이면 운화백화점 창립자는 완전 로맨티스트

네? 전설이 진짜였으면 좋겠다! 그럼 바로 영화 한 편 나오는 건데."

윤슬의 목소리가 한 옥타브 올라갔다.

유정과 윤슬은 깔깔 웃음을 터뜨리다 말고, 옥상을 다시 천천히 둘러보았다. 전설을 듣고 나니 이곳이 왠지 모르게 신비롭게 느껴졌다. 《어린 왕자》에도 그런 말이 있었다. 사막이 아름다운 이유는 어딘가에 우물을 품고 있기 때문이라고. 어쩌면 이 옥상의 전설 역시, 사막 속 어디 있을지 모를 우물처럼 우리에게 새로운 이야기의 가능성을 선물해줄지도 모른다.

빌딩 사이로 소리 없이 보슬비가 내려앉기 시작했다. 겨울의 끝자락을 밀어내며 봄을 불러오는 비처럼 느껴졌다. 다음 주면 벌써 3월이었다.

유정이 문득 무언가 떠오른 듯한 얼굴로 물었다.

"어제 글쓰기 수업은 잘했어?"

"응, 내가 쓴 글을 사람들 앞에서 읽어보는 건 처음이었어. 부끄럽더라, 진짜."

윤슬이 입술을 가볍게 떨며 웃자, 유정이 장난스러운 얼굴로 물었다.

"이번엔 무슨 과제 받았는데? 글쓰기 과제도 받았을 거잖아."

"아, 이번엔 캐릭터 만들어보는 거야."

"캐릭터…? 우리가 지금 만드는 것처럼?"

"근데 브랜드 캐릭터라기보다는, 소설에 등장하는 인물을 만드는 거긴 한데… 뭐, 비슷하려나?"

유정은 관심이 가는지 윤슬 쪽으로 몸을 기울였다.

"그래서, 캐릭터는 어떻게 만드는 거래?"

"인생에서 내가 A 대신 B를 선택했다면, 지금쯤 어디서 뭘 하며 살고 있을지 상상해보라고 하던데? 예를 들면 내가 미국으로 유학을 갔다가 거기서 남편을 만나 산다든지, LA에서 픽사 애니메이션 스토리 작업하는 작가가 돼서 1년에 한 번씩 마라톤 대회에 나가고 있을 수도 있는 거잖아."

"아아, 내가 살았을지도 모르는 인생을 상상해보면서 캐릭터를 만든다는 거네?"

"응, 장류진 작가의 에세이《우리가 반짝이는 계절》에 비슷한 방식이 나와서, 샘플로 보여주기도 했어."

"오, 재밌네. 언니는? 뭐 생각해본 인생 있어?"

"나? 나는….'

윤슬은 말끝을 흐리며 생각의 끝을 더듬었다.

이 회사에 들어오기 전까지 윤슬의 취미는 동네 서점을 찾아다니는 일이었다. 어디로 여행을 가든, 가장 먼저 그 동네에 서점이 있는지부터 살폈다. 책으로 둘러싸인 공간이 주는 분위기가 주인의 취향에 따라 완전히 달라지는 것이 늘 흥미로웠다.

윤슬은 문득, 다른 우주에서는 회사에 다니는 대신 책방을 운영하고 책방지기로 살고 있다면 어떨까 상상해보았다. 책방의 작은 창가에 좋아하는 책을 가장 잘 보이게 진열하고, 매달 새로운 책을 한 권 골라 독서 모임을 열고, 작가를 초대해 글쓰기 수업을 여는 삶. 하루 종일 햇살이 기울다 스며드는 곳, 동네 아이가 엄마에게 줄 책을 사기 위해 아껴둔 용돈을 들고 찾아오는 곳. 그곳에서 책을 읽고 커피를 내리며 사는 삶을.

"물론 수익을 내야 하는 현실이 눈을 부릅뜨고 있겠지만, 그래도 출근길 지하철은 타지 않아도 되지 않겠어?"

그 말에 둘은 동시에 웃음을 터뜨렸다.

"하, 그러게. 너무 좋겠다. 어떻게 보면 책 읽기가 직업인 거잖아?"

유정의 말에 윤슬은 고개를 끄덕였다.

순간 윤슬은 작년에 혼자 다녀왔던 교외에 자리한 소양리 북 스테이를 떠올렸다. 초여름이었다. SNS에서 우연히 마주친 '수국 명소'라는 말에 이끌려 찾았던 곳. 분홍과 초록, 푸른빛이 겹겹이 어우러진 수국도 아름다웠지만, 무엇보다 윤슬의 마음을 끈 건 한적한 책방을 겸하는 펜션이라는 점이었다. 곧 뜨겁게 달아오를 도시의 아스팔트 열기로부터 도망치듯 도착한 그곳은 기대보다도 훨씬 더 근사한 풍경으로 윤슬을 맞아주었다.

"소양리 북 스테이에 다녀온 뒤로, 언젠가 책방을 열고 살아보고 싶다는 생각이 더 간절해졌지 뭐야."

유정은 곧장 휴대폰을 꺼내 들고는 소양리 북 스테이를 검색

하며 이곳에서 얼마나 걸리는지부터 살폈다. 윤슬도 덩달아 웃으며 사진 앱을 열었다. 작년에 소양리를 여행하며 찍어둔 사진들을 넘기던 윤슬의 손끝이 어느 사진에서 멈췄다.

"아, 맞다. 그림책…!"

#5.

넷은 회의실 화이트보드 앞에 옹기종기 모여 앉았다. 민우는 보드마카의 뚜껑을 닫으면서 팔짱을 낀 채 말을 이었다.

"그러니까 인생책을 만나게 해주는 마법사의 책방 이야기라는 거죠? 시간과 공간을 넘나들면서 마법 책을 구해 오기도 하고? 오, 세계관 재밌는데요."

화이트보드에는 '인생책 소개팅', '시공간 맘대로', '마법사의 책방'이라는 단어들이 적혀 있었다.

윤슬은 고개를 끄덕이며, 소양리 북 스테이에서 보았던 독특한 금장의 그림책 이야기를 팀원들에게 꺼냈다. 그곳에 묵었던 손님이 직접 쓴 책이라고 했던 것도 얼핏 들었던 기억까지도. 정사각형 모양의 그 책은 다른 책에 비해 유난히 커서, 진열된 책들 사이에서도 확연히 눈에 띄었었다.

유정이 화이트보드 위에 적힌 단어를 손가락으로 동그라미 치듯 가리키며 말했다.

"흠, 이 그림책의 세계관을 가져와서 마법사와 구름을 엮어보면 어떨까요? 구름 마법사가 있는데, 이 마법사는 사람들의 마음을 연결해준다는 설정이어도 재밌을 것 같아요."

유정의 얘기가 끝나자마자 윤슬이 고개를 끄덕이며 말을 덧붙였다.

"거기에 여러 유니버스를 오갈 수 있는 능력도 넣어보면요? 한 사람이 살 수도 있었던 여러 삶을 보여주는 거죠."

유정이 윤슬을 바라보며 가볍게 웃었다.

윤슬이 글쓰기 수업에서 나왔던 아이디어라고 덧붙이자 승우가 고개를 끄덕이며 화이트보드에 단어를 하나 더 추가했다.

'마음 연결', '구름 마법사', '여러 유니버스'

"그러니까… 사람들의 마음을 이어주는 구름 마법사 이야기라는 거네? 그럼 이걸 우리 백화점이랑 어떻게 연결하면 좋을까?"

승우 과장의 말에 민우가 벌떡 일어나 화이트보드 앞으로 다가갔다. 그리고 '구름 마법사'라는 단어에 크게 동그라미를 그리며 말했다.

"구름 마법사의 기지가 우리 백화점 옥상 정원이라는 설정은 어때요? 옥상 정원에 내려오는 전설을 모티브 삼는 거죠. 이를 테면 사랑했던 연인이 언젠가 이곳에 꽃밭을 만들자고 약속했던 곳이 지금의 운화백화점이 되었다는 이야기로. 그래서 구름 마법사는 이곳 옥상에서 사람들의 마음을 이어주는 존재가 되는 거죠."

"오, 말 되는데? 그러면 구름 마법사 이름은 뭘로 할까?"

"그러게요? 사람들의 마음을 품고, 연결해준다는 의미가 들어가면 좋겠는데."

경쟁이라도 붙은 듯 서로의 입에서 아이디어가 쏟아져 나왔다. 그중엔 말도 안 되는 콘셉트도 있었지만, 상관없었다.

터무니없는 상상을 거리낌 없이 늘어놓다 보니, 어느새 잊고 지냈던 감각 하나가 되살아났다. 바로 마음껏 상상할 때만 느낄 수 있었던 기쁨이었다. 어린 시절, 놀이터에서 친구들과 뛰놀던 장면도 자연스럽게 떠올랐다. 정글짐 위에 올라서면 그곳은 우주가 되었고, 구름사다리는 다른 세계로 이어지는 통로가 되곤 했다. 그때는 그런 상상의 실현 가능성을 굳이 의심하지도 않았다. 돌이켜보면, 언제부턴가 그런 충만한 감각을 잊은 채, 상상하는 일 자체를 미뤄두고 살아온 것 같았다.

텅 비어 있던 화이트보드에 단어가 하나둘 채워지자, 그 사이로 아이디어가 포용 하고 피어오르기 시작했다. 마치 흙을 밀어 올리고 돋아나는 새싹처럼, 기억과 감정 역시 조심스레 세상으로 빼꼼히 고개를 내밀었다.

구름 마법사 이름은 소피아로 정했다. 마법사 기지에 막 들어온 신입으로 열정은 넘치지만, 어딘가 덜컥거리는 구석이 있는 인물. 의욕이 앞서 사고를 치기도 하지만, 그래서 더 사랑스럽고 마음이 가는 캐릭터였다.

윤슬은 화이트보드 앞에서 팀원들과 아이디어를 주고받으며 문득 생각했다. 이야기를 만드는 건, 어쩌면 인간이 잠시나마 부릴 수 있는 작은 마법이 아닐까 하고.

회의가 끝난 뒤, 윤슬은 홀로 회의실에 남았다. 회의록을 정리해 공유하기로 했기 때문이다. 방금까지 사람들로 가득 차 있던 공간이 언제 소란스러웠냐는 듯 조용해지자, 화이트보드에 남은 단어들이 오히려 더 또렷하게 보였다.

'마음 연결', '구름 마법사', '여러 유니버스'

아직 지워지지 않은 마커 자국 위로 윤슬의 생각이 콩콩 뛰어들며 뒤섞였다. 여러 가지 아이디어가 놀이터를 뛰어다니는 어린아이처럼 돌아다녔다.

윤슬은 의자를 끌어당겨 앉아 노트북을 열고 아까 메모해둔 종이를 펼쳤다. 회의 내용을 정리하려고 쓴 메모라 단어를 무작위로 나열한 정도였지만, 어느새 단어 사이로 문장들이 흘러나오기 시작했다. '구름 마법사 소피아. 사람들의 마음을 잇는 일을 한다.' 회의록을 쓰던 윤슬의 손가락이 잠시 멈췄다. 이야기는 언제나처럼 마음을 먼저 건드린다.

창밖을 바라보자, 높이 솟은 빌딩 사이로 자그마한 공원 하나가 눈에 들어왔다. 지난 겨울날 보았던 그 공원이었다. 연둣빛 공원에는 산수유인지 개나리인지 가늠하기 어려운 노란빛이 흐드러져 있었다. 봄바람이 부드럽게 춤추듯 빌딩 숲 사이를 돌아다니는 것 같았다. 마침, 어둠이 내려앉기 시작한 유리창 너머로 빛이 하나둘 켜지고 있었다. 누군가는 지금 일을 시작할 것이고, 누군가는 집으로 돌아가는 중일 것이다. 어쩌면 그중 누군가는, 이 이야기가 필요한 사람일지도.

윤슬은 정리한 회의록을 다시 한번 쭉 읽어본 후, 프로젝트 팀원들에게 메일을 보냈다. 메일 전송이 완료되었다라는 알림이 뜨자 기분 좋은 한숨이 흘러나왔다.

이야기를 만든다는 건, 누군가의 하루에 작은 불빛을 켜는 일이 아닐까. 윤슬은 펜을 내려놓고 숨을 고른 뒤, 자신이 적은 문장 옆에 작은 별표를 그렸다. 그리고 소양리 북 스테이를 다시 한번 떠올렸다. 사람들이 조용히 머물다 가던 그 공간의 온기. 어쩌면 자신이 만들고 싶은 이야기도 그런 모습이 아닐까, 생각했다.

그날 밤, 윤슬은 소양리 북 스테이에 싸락눈이 나풀나풀 흩날리는 꿈을 꾸었다.

#6.

돈가스의 바삭한 겉면을 쓱쓱 가르자 두툼한 고기의 단면이 드러났다. 얇게 썬 양배추와 함께 한 조각을 입에 넣으니 돈가스 소스의 풍미가 고기 육즙과 함께 양배추와 어우러졌다. 12시가 막 지난 시각에도 이미 가게 바깥에는 대기 줄이 길게 서 있었다.

"이야, 사무실에서 일찍 나오길 잘했네요. 여기 맛집 인정!"

유정이 젓가락을 번쩍 들며 엄지를 치켜들었다.

"근데 정작 가자고 한 사람은 왜 코빼기도 안 보이는 거야?"

승우 과장은 특유의 심드렁한 얼굴로 입구 쪽을 흘끗 바라봤다. 그때 민우가 상기된 얼굴로 가게에 들어섰다.

"아니, 뭐 하다가 이제 오는 거야?"

"그게…."

평소답지 않게 민우는 잠깐 망설이며 숨을 들이마셨다. 유정과 윤슬도 젓가락질을 멈추고 민우를 바라봤다.

"…VMD팀 신임 팀장이 온대요. 일본 광고회사에서 근무했다고 하고요, 공간 디자인 쪽으로 오래 일한 베테랑이라네요."

승우 과장은 민우의 심각한 얼굴을 보며 코웃음을 쳤다.

"아니, 남의 팀에 팀장 온 게 뭐 그렇게 대수라고. 표정이 너무 심각한 거 아니야?"

"팀장으로 오긴 하는데, 직급이… 상무래요."

"상무…?"

순간적으로 정적이 차갑게 퍼져 나갔다. 주변의 소리가 멀어졌다. 사람들이 돈가스를 써는 소리도, 주방에서 기름이 지글거리는 소리도 희미해졌다. 매장 음악만 유독 또렷하게 들려왔다. 마치 누군가 귓가에다 스피커를 갖다 놓은 것처럼.

네 사람은 멍한 시선으로 서로를 바라봤다.

마케팅 본부에 임원은 고이연 본부장이 유일했다. 본부가 생긴 이래로 줄곧 그랬다. 그런데 갑자기 상무급 인사라니?

"아니, 그게 무슨…."

"고이연 본부장 자리를 대신할 사람이 아니냐는 얘기가 있다고 하네요."

민우의 목소리가 공기를 가르며 떨어졌다. 탄탄하다고 믿어 의심치 않았던 성벽에 미세한 금이 가는 소리가 들리는 듯했다.

이제 와 생각해보니, 어쩌면 고이연 본부장은 모든 걸 이미 알고 있었는지도 몰랐다. 구름 프로젝트를 진행하는 동안 윤슬은 본부장을 넘어야 할 산이라고만 여겼는데, 시간이 흐르며 드러난 진실은 달랐다. 본부장이야말로 애초부터 이 프로젝트와 운명을 함께하기로 마음먹은 사람이었는지도 모른다.

테이블을 둘러싼 공기가 달라졌다. 누군가의 눈빛이, 누군가의 숨결이 조금씩 바뀌고 있었다. 이번 보고는 고이연 본부장을 설득하는 자리가 아니었다. 그가 옳았다는 사실을 증명하는 자리가 되어야 했다.

민우는 손도 대지 않은 돈가스를 앞에 둔 채 말을 이었다.

"그리고… 생각해봤는데요. 운화백화점 옥상 정원이 구름 마법사의 기지가 된 명확한 이유가 있어야 하지 않을까요? 소피아가 이야기 속에 등장하는 연인도 아닌데, 단순히 전설 때문이라고 하기엔 개연성이 조금 부족한 것 같아요."

윤슬이 고개를 끄덕이며 민우의 말을 받았다.

"흠, 그러면 이렇게 해보는 건 어때요? 우리 백화점 옥상 정원을 통해서 구름 마법사가 다른 우주로 넘어갔다가, 다시 돌아올 수 있다는 설정을 넣는 거예요. 그러면 이곳이 자연스럽게 기지가 되는 거죠."

"오, 괜찮은데요? 그러면 시공간을 넘나들 수 있는 포털이 열리는 장소가 바로 우리 백화점 옥상 정원이라는 얘기인 거죠?"

이야기는 급속도로 진전되기 시작했다. 구름 마법사 소피아가 마음과 마음을 연결해주는 일을 구체적으로 어떻게 수행할지, 넷은 머리를 맞대고 상상을 이어갔다.

서로 소원해진 마음을 다시 잇기도 하고, 막연히 그리워하기만 했던 과거의 추억을 떠올리게 하기도 하고, 다시는 만날 수 없는 누군가를 향한 그리움을 전하는 마법도 가능하겠다는 아이디어가 나왔다. 거기에 이야기를 읽는 순간 독자가 등장인물의 마음속으로 스며들 수 있는 능력도 부여하자는 의견이 더해졌다. 돈가스가 식어가는 줄도 모른 채, 테이블 위에 아이디어들이 구름처럼 피어올랐다.

"자, 그러면 좀 더 구체적인 얘기로 들어가야 할 것 같은데. 이번에 운화 센트럴 부산점에서 테스트해볼 마케팅 방향은 혹시 생각해본 게 있을까?"

유명 브랜드와 협업해 굿즈를 만들어 팝업스토어를 열어보자는 아이디어도 나왔지만, 이내 다들 고개를 저었다. 남들과 비슷한 방식으로는 눈에 띄기 어려웠다. 흉내만 내서는 사람들의 마음을 사로 잡을 수 없다는 걸 모두가 알고 있었다.

그때 승우 과장이 불쑥 말했다.

"어, 맞다. 그림책은 어때?"

"그림책이요?"

"백화점 캐릭터를 알리는 거니까, 구름 마법사 소피아 이야기를 담은 그림책을 만들어서 이야기 자체를 알려보는 거지."

유정이 돈가스를 씹다 말고 기침을 했다.

"아니, 과장님. 키링도 아니고 책을 어떻게 그렇게 뚝딱 만들어요."

"못 만들 것도 없지, 뭐. 어차피 책도 사람이 만드는 거 아닌 가?"

그 말에 윤슬이 자연스럽게 끼어들었다.

"저는 찬성이요. 어차피 캐릭터와 세계관을 보여주려면, 그림 과 이야기로 보여주는 게 가장 확실할 것 같아요."

민우는 캘린더 앱을 열어 일정을 훑어보더니 고개를 끄덕였다.

"센트럴 부산점 재오픈이 5월이잖아요. 가정의 달이기도 하고 그러니까, 어린이를 위한 그림책으로 만들어보면 어떨까요? 책 안에 QR 코드를 넣어서 실제로 참여할 수 있는 이벤트도 만들 고요."

"그림책에 들어갈 내용은 우리가 어떻게든 짜본다고 치고, 그 럼 그림은 누가 그리지? 여기 그림 그릴 줄 아는 사람 있나?"

승우 과장의 질문에 민우가 기다렸다는 듯 대꾸했다.

"아, 그야 회사 안에 전문가가 딱 있는데 무슨 걱정이세요. 하 하."

****

날씨가 묘하게 흐린 금요일이었다. 3월의 봄바람이 부드럽게 물결치듯 대기를 감싸고 있었지만, 먹구름은 좀처럼 물러날 기 색이 없었다. 마치 봄이 오는 걸 거부하는 듯한 차가운 기운이 출렁이며 퍼져나갔다. 간간이 햇살이 고개를 내밀었지만 세상은 아직 완전히 밝아지지 않은 얼굴이었다. 미세먼지가 고민에 잠긴 아이처럼 잔뜩 웅크리고 앉아 있는 탓일지도 몰랐다.

헤이 시스터즈는 여전했다. 새하얀 소파는 푹신했고, 책장에는 LP가 빼곡히 꽂혀 있었다. 턴테이블 위에서는 찌지직거리는 소리와 함께 쳇 베이커의 재즈가 흘러나왔다.

그때, 카페 문이 열리며 단발머리의 여자가 빼꼼히 고개를 내밀었다.

"여기가 구름 마법사님이 계신다는 곳, 맞나요?"

순간 카페 안의 공기가 춤을 추듯 출렁였다. 뒤이어 웃음이 터져 나왔고, 모두가 자리에서 일어나 최 차장을 반겼다.

"어머, 차장님! 그새 머리 스타일 바꾸셨네요? 너무 잘 어울려요!"

최아린 차장은 싱긋 웃으며 고개를 가볍게 흔들어 머리칼을 찰랑여 보였다. 그 움직임에 귀에 달린 큐빅 장식의 골드링이 덩달아 흔들리며 봄 햇살처럼 반짝였다.

"우리 딸래미가 계속 내 머리를 잡아당기는 통에 고민하다 그냥 단발로 싹둑 잘라버렸지. 다들 잘 지냈어?"

사연은 이랬다. 돈가스집을 나서며 민우가 최아린 차장에게 전화를 걸어 상황을 설명하자, 그녀는 조금의 망설임도 없이 "지금 시간 돼."라고 대답했다. 구름 프로젝트가 앞으로 계속 이어질지도 불투명하고, VMD팀 업무를 병행해야 하는 상황인 데다 설령 성과가 나더라도 자신의 노력이 인사 평가에 반영되지 않을 게 분명했다. 그럼에도 '그 정도면 나도 도와야지' 하며 외면하지 않고 나서는 사람이 바로 최아린이었다.

그녀는 두유를 넣은 아이스 카페라테를 시원하게 한 모금 마시고는 컵을 테이블 위에 툭 내려놓았다.

"그러니까, 여러 개의 우주를 오가고 시간을 마음대로 넘나드는 구름 마법사 소피아가 주인공이고, 우리 백화점 옥상 정원이 그녀의 기지인데, 거기가 시공간과 우주를 오갈 수 있는 포털 역할을 한다고?"

최 차장은 고개를 끄덕이다가, 이내 호오 하는 감탄사를 내며 깔깔 웃었다.

"재밌는데? 우리 딸내미가 보면 정말 좋아할 것 같아! 요즘 마법사에 푹 빠졌거든. 이야, 언제 이런 설정을 다 생각했대."

민우가 넉살 좋은 얼굴로 끼어들었다.

"전문가 모시기 전에 아마추어끼리 어떻게든 해보려고 했는데, 도대체 어떻게 해야 할지 모르겠더라고요. 게다가 그림책을 만드는데 그림을 그릴 줄 아는 사람이 한 명도 없잖아요? 차장님 오시니 마음이 이보다 편안할 수가 없네요!"

"어머 어머, 누가 전문가래. 나도 일러스트 그려본 기억이 까마득하다고. 대학 때 졸업 작품 그린 뒤로 그림이라고는 애한테 공주 그림 그려준 게 다야. 아무튼 줄거리는 좀 잡혔어? 설마 이게 끝은 아니지?"

"네, 대략 큰 틀은 어느 정도 잡았는데, '누군가의 마음속을 건

는다'라는 콘셉트를 어떻게 구현하면 좋을지 고민이에요. 고객들이 팝업스토어에 방문했을 때 구름 마법사 소피아의 능력을 직접 체험하는 느낌을 주고 싶거든요. 줄거리는요…."

줄거리를 쭉 들은 최아린 차장이 왼손으로 턱을 괴더니 의미심장한 미소를 지었다.

"흠, 얘기 듣다 보니까, 딱 떠오르는 게 하나 있긴 한데."

                                #7.

"결론부터 이야기하죠. 오늘 점심 일정이 있어서 30분 안에 정리해야 합니다."

고이연 본부장은 자리에 앉으면서 손목시계를 힐끗 쳐다봤다.

"네, 핵심부터 말씀드리겠습니다."

승우 과장은 당황한 기색 없이 슬라이드를 넘겼다. 화면에 팝업스토어 조감도가 떠오르자, 고이연 본부장의 눈동자가 순간적으로 커졌다.

"…이게 뭐죠?"

승우 과장은 미묘한 미소를 지으며 말을 이었다.

"구름 프로젝트의 일환으로, 센트럴 부산점의 옥상에 대형 팝업북을 설치하는 기획입니다. 이를 통해 캐릭터를 자연스럽게 경험하도록 유도하고자 합니다."

"대형 팝업북이요? 그럼 팝업스토어가⋯ 책이라는 건가요?"

고이연 본부장이 눈썹을 살짝 치켜세웠다.

한승우 과장은 고개를 끄덕이며 다음 슬라이드를 넘겼다. 화면에는 구체적인 팝업북 그림책 시안이 차례로 펼쳐졌다.

"네. 이번 팝업스토어는 운화백화점에서 새로 선보이는 캐릭터를 소개하고, 캐릭터가 운화백화점과 어떻게 연결되는지를 보여주는 것을 목표로 삼았습니다. 구체적으로 '구름 마법사 소피아'를 캐릭터로 내세우고자 하며⋯."

설명이 이어지는 동안 화면 위에는 옥상 정원을 무대로 구도별 다양한 시안이 차례로 나타났다. 한 장 한 장 펼쳐질 때마다 이야기가 이어지는 구성이었다. 고이연 본부장은 오른손으로 턱을 괸 채 화면에 집중했다.

프로젝터에는 보름달이 뜬 밤 운화백화점 옥상 정원을 배경으로, 시간과 공간을 오가며 사람들의 마음을 구해오고 마음과 마음을 연결하는 구름 마법사 소피아의 모습이 차례로 등장했다. 최아린 차장이 한 땀 한 땀 그린 색연필 질감의 그림들이 회의실 공기까지 부드럽고 따뜻하게 물들였다.

"다시 말해 고객이 마치 누군가의 마음속으로 들어온 것처럼 느끼도록 만드는 거죠. 거대한 팝업북의 페이지 사이를 직접 걸으며 이야기를 체험하는 겁니다. 보름달이 뜬 밤의 운화백화점 옥상 정원을 지나갈 수도 있고, 소피아가 다른 우주를 오가며 마

음을 구해 누군가에게 진심을 전하는 순간을 마주할 수도 있고
요. 아, 운화백화점의 옥상 정원의 전설 이야기도 중간에 자연스
럽게 녹여 넣었습니다.”

화면에는 거대한 팝업북 형태의 조감도가 떠올랐다. 책장은
나무처럼 서 있었고, 크기를 가늠할 수 있도록 사람 모형이 곳곳
에 배치돼 있었다.

팝업북은 최아린 차장의 아이디어에서 시작됐다. 퇴근 후 키
즈카페에서 아이와 함께 팝업북을 보는데, 아이가 “와, 그림 속
을 돌아다니는 것 같아, 엄마!”라고 했던 순간을 떠올린 것이다.
그 말을 계기로 ‘정말로 그림 속을 걷는 경험’을 만들어보자는
생각이 싹텄다. 그리고 그 가능성을 현실로 끌어온 건 승우 과장
이었다. 그는 아이디어를 제안하며 대형 팝업북이라면 사람들의
시선을 단번에 사로잡을 수 있을 거라 확신했다.

고이연 본부장이 흥미롭다는 듯 몸을 앞으로 기울이며 두 손
을 모았다.

“흠, 그래서 팝업북에 구체적으로 어떤 이야기가 들어가나
요?”

승우 과장이 슬라이드를 몇 장 더 넘기자, 화면 중앙에 제목
하나가 또렷하게 떠올랐다.

〈구름 마법사 소피아와 비밀의 정원〉

보름달이 휘영청 뜬 어느 밤, 운화백화점 옥상 정원 위로 동그란 구멍이 열렸어요. 시간과 공간을 넘어, 다른 우주로도 이어지는 특별한 문이었지요. 그 동그란 구멍 사이로 구름 마법사 소피아가 고개를 빼꼼히 내밀었어요. 오늘은 소피아가 신입 구름 마법사로 처음 출근하는 날이었답니다.

운화백화점 옥상 정원은 구름 마법사들의 기지예요. 옛날 옛적에 이곳은 꽃과 구름이 가득한 마을이었대요. 언젠가 함께 꽃밭을 가꾸자고 약속한 연인이 있었지만, 전쟁 통에 헤어지게 되어 결국 그 약속을 지키지 못했답니다. 지키지 못한 약속과 그리움이 남은 자리 위에 세워진 곳이 바로 지금의 운화백화점이에요. 연인의 염원이 이곳에 남은 덕분에, 이 운화백화점의 옥상 정원에는 마음과 마음을 잇는 문이 열렸지요. 구름 마법사들은 그 문을 통해 시공간과 다른 우주를 마음껏 오갈 수 있게 되었다고 합니다.

구름 마법사 소피아는 운화백화점에서 수많은 사람들의 마음을 만나게 됩니다. 빨간 리본에 담긴 설렘, 오래된 CD에 남아 있는 그리움, 딸기 케이크에 담긴 사랑과 위로 같은 마음이요. 소피아는 이 마음들을 모아 소원해진 관계를 다시 이어주고, 오해로 얽혀버린 갈등을 풀어주며, 잊고 지냈던 추억을 떠올리게 만들고, 다시는 만날 수 없는 이에게 마음을 전해주기도 하지요. 혹시 여러분도 전하고 싶은 마음이 있다면, 언제든 소피아를 찾아주세요! 그녀는 오늘도 운화백화점 옥상 정원에서 여러분의 이야기를 기다리고 있을 테니까요.

고이연 본부장이 손끝으로 턱을 가볍게 짚더니 물었다.

"흠, 나쁘진 않군요. 그럼 이 대형 팝업북으로 어떤 효과를 기대할 수 있죠?"

승우가 그 질문을 기다렸다는 듯 준비한 슬라이드를 넘겼다.

"우선, 고객이 마치 누군가의 마음속을 걷는 듯한 경험을 하게 됩니다. 팝업북이라는 형식 자체가 소피아의 캐릭터와 세계관을 인상적이면서도 확실하게 고객에게 각인시킬 수 있을 거라고 봤습니다. 운화백화점에서 내려오는 옥상 정원의 전설과도 자연스럽게 연결되어 흥미를 더할 거고요. 아, 그리고 이벤트도 있습니다."

화면이 넘어가고, '마음속 보물찾기 이벤트'라는 문구가 떴다.

"대형 팝업북 곳곳에 '마음'을 표현한 단어들을 쪽지에 적어 숨겨두고, 찾은 고객께 선물을 증정하는 보물찾기 이벤트를 기획했습니다. 가족들이 함께 쪽지를 찾아다니며 마음에 대한 이야기를 나누는 방식입니다. 아이들은 놀이처럼 즐기며 추억을 만들고, 어른들은 자연스럽게 대화를 나누게 되겠죠. 더불어 팝업북을 구매한 고객에게 구름 모양의 솜사탕과 풍선을 증정하는 행사도 진행하고자 합니다. 이 공간에서의 경험이 집까지 이어질 수 있도록요."

옅은 미소가 고이연 본부장의 입가를 스치고 지나갔다.

이어서 구체적인 예산안과 추진 일정에 대한 보고가 이어졌다. 최대한 합리적으로 꼭 필요한 비용만 쓸 수 있도록 계획을 짰다. 팝업북은 전부 수작업으로 제작해야 해서 일정을 맞추려면 최대 500부 정도 만들 수 있을 듯했다.

본부장은 아이들이 종이로 된 팝업북을 찢지는 않겠냐, 목표 방문 인원을 몇 명으로 잡고 있느냐 등등 몇 가지 질문을 던졌다. 그러다 이내 깍지 낀 손을 풀었다.

"500부라…."

본부장은 손가락으로 테이블을 톡톡 두드리더니 말을 이었다.

"솔직히 일일 방문객 수에는 한참 모자라지만, 일단 한번 해보죠. 시장 반응 확인을 위한 테스트용이라고 생각하고요. 아무것도 시도하지 않으면 그 무엇도 남지 않을 테니까요."

본부장은 잠시 말을 고른 뒤, 덧붙였다.

"소피아라는 캐릭터가 어디까지 갈 수 있을지, 저도 좀 기대가 되네요."

고이연 본부장은 일정이 있어 먼저 일어나겠다며, 늘 그렇듯 여유로운 걸음으로 회의실을 빠져나갔다.

문이 닫히는 소리가 들리자마자, 애써 아무렇지 않은 표정을 짓고 있던 팀원들은 동시에 깊은 숨을 내뱉었다. 그러다 이내 서로를 바라보며 하이파이브를 하고 환호성을 질렀다.

"와아!"

유정은 두 팔을 번쩍 들고 만세를 외쳤다. 승우와 민우가 순식간에 손바닥을 마주쳤고, 윤슬도 웃음을 터뜨렸다.

구름 프로젝트가 시작한 지 어느덧 석 달째. 끝이 보이지 않는 회의만 반복되던 날들 속에서 드디어 본격적인 진행 사인을 받았다.

'씨앗이 이렇게 늦게 움트는 경우도 있구나.'

씨앗을 심고서 매일같이 물을 주고, 흙을 고르고, 햇빛을 비춰도 아무런 변화가 없었는데 어느 날 새싹이 불쑥 올라온 것을 보는 기분이 이런 걸까. 윤슬은 생각했다. 홍릉수목원에서 할아버지가 했던 말 역시 떠올랐다.

'꽃이란 게 말이다, 봄에만 피는 것 같지만 전혀 그렇지 않단다. 여름에도, 가을에도, 꽃은 피는 법이지. 자신의 속도에 맞게 움트고 피어나는 것뿐이야······.'

아직 이 거대한 팝업북을 어떻게 완성할 수 있을지는 알 수 없었다. 앞으로 해야 할 일은 뭔지는 몰라도 산더미처럼 많을 터였다. 그럼에도 불구하고, 모두의 얼굴에는 근거 없는 자신감이 번졌다. 이번만큼은 정말 해낼 수 있을 것 같은 기분. 어쨌든 본격적인 게임이 시작됐으니까.

심장 어딘가에서 희미하지만 분명한 북소리가 울렸다. 그건 프로젝트의 시작을 알리는 신호이자, 각자의 마음속에서 아주 오래 잠들어 있던 이야기의 씨앗이 깨어나는 소리였다.

4장
마지막 기회

#1.

수요일 아침 9시, 부산행 기차는 미끄러지듯 출발했다. 주기적으로 덜컹거리는 기차의 움직임이 묘한 안정감을 줬다. 마치 튼튼한 누군가의 힘찬 심장 소리를 듣는 듯했다.

기차가 수서역을 떠난 지 5분도 채 되지 않아 서울은 어느새 뒤로 물러나고 창밖에는 새로운 풍경이 펼쳐졌다. 10층 높이의 아담한 아파트가 휴양 온 사람처럼 서 있었고, 뒤이어 초록빛 논밭이 휙휙 스쳐 지나갔다. 비닐하우스 지붕이 카메라 플래시가 터지듯 햇빛에 번쩍였다.

출장길이었지만 윤슬은 괜히 가슴이 울렁거렸다. 복잡한 사무실과 혼잡한 거리, 익숙한 지하철역과 붐비는 인파가 아득하게 멀어지는 듯했다. 칙칙폭폭, 칙칙폭폭. 서울에서 멀어질수록 주변은 느슨해졌다. 방실방실 웃기만 해도 세상이 환호하던 어린 아이 시절로 가까이 다가선 기분이었다.

기차길 끝자락에 있을 부산역을 생각하니 해운대 바다가 자연스레 떠올랐다. 짭조름한 바다 내음과 후덥지근한 바람, 갈매기 떼가 부산스럽게 날아다니는 장면까지도.

할아버지가 돌아가신 후, 부산은 거의 10년 만이었다.

"오, 떴어, 떴어!"

창밖을 바라보던 윤슬 곁으로 민우가 재빠른 걸음으로 다가왔다. 어느 순간부터였는지 모르겠지만, 언젠가부터 윤슬은 민우와 자연스레 서로 반말을 쓰고 있었다.

"응? 뭐가?"

"기사 말이야. 오늘 아침에 보도자료 배포한다고 했잖아."

"맞다! 기사에 '구름 마법사 소피아'라고 나왔어?"

"당연하지!"

민우는 방금 올라온 기사를 구름 프로젝트 단톡방에 공유했다. 짐짓 별일 아닌 일처럼 말하기는 했지만, 민우의 얼굴이 상기되어 있는 걸 윤슬이 모를 리 없었다.

"이야, 장민우. 한 건 했네!"

윤슬은 민우와 하이파이브를 하며 소리 죽여 웃었다. 부산에 도착하면 새벽 바닷가에 앉아서 할아버지한테 자랑해야지, 생각했다.

"아우, 여기 이 관계자, 이거 장민우 아니야?"

"나도 그러면 좋겠다."

윤슬은 보도 기사를 자꾸만 읽었다. 생전 안 누르던 '좋아요'도 눌렀다. 일어나서 춤이라도 추고 싶었다. 그런 윤슬의 마음을 안다는 듯, 차창 바깥으로 나무가 바람에 휘어지며 신나게 몸을 흔들고 있었다.

[불황에도 승부수 띄우는 운화백화점… '운화 센트럴 부산점' 새 단장 후 30일 재오픈]

머니블록 / 김예준 기자 (2026. 5. 27. 9:10)

내수경기가 침체되고 오프라인 유통이 위축되는 가운데 운화백화점이 대대적인 지점 리모델링을 하고 새로운 유통 모델을 공개하며 승부수를 띄우고 있다. 대표적인 사례로 오는 30일 부산의 운화 센트럴 지점에 지역 특화형 복합쇼핑몰을 선보인다. 5개월간의 리모델링 공사 이후 공개하는 야심 찬 공간으로, 공식 오픈에 앞서 내일(28일)부터 이틀간 프리 오픈 행사를 진행한다.

운화 센트럴은 이번 프리 오픈 행사에서 부산의 젊은 아티스트 열 명이 참여한 공동 프로젝트로 꾸민 '아우어 아지트'를 공개한다고 밝혔다. 부산에서 활동하는, 혹은 부산 출신의 화가와 건축가, 큐레이터 등이 모여서 운화 센트럴 부산점이 지향하는 '열려 있는, 모두가 어울려 모이는 장소'라는 콘셉트에 맞게 1층부터 4층 로비의 디자인에 직접 참여해 공간을 채운다. 또한 지하 식품관에는 부산과 경상도의 유명 디저트 가게 7개가 입점하고 부산의 지역 맛집인 초량불백과 금수복국 역시 팝업스토어로 참여해 매력을 선보일 예정이라 관심을 모으고 있다. 가정의 달을 맞이해 5만 원 이상 구매 고객 대상으로 어린이 고객을 위한 랜덤 피규어·캐릭터 굿즈를 증정하는 '기프트박스' 이벤트 또한 열린다.

야외 옥상에서는 운화백화점을 모티브로 한 캐릭터 팝업스토어를 선보일 예정이다. 최초 공개하는 캐릭터 '구름 마법사 소피아' 이야기를 담은 2미터 높이의 거대한 팝업북 전시로 이야기 속을 걷는 듯한 재미를 선사해 어린이 고객을 사로잡을 것으로 보인다.

운화백화점 관계자는 금번 리모델링에 관해 "지역 특화 콘텐츠로 지역 사회와 백화점이 상생하는 모델을 구축한 것"이라며 "앞으로도 운화 센트럴을 찾은 고객들께 즐거운 경험을 선사하기 위해 다양한 시도를 지속할 예정"이라고 밝혔다.

유정이 종종걸음으로 다가오더니 윤슬 옆자리가 빈 것을 확인하고 앉았다.

"언니, 기사 봤어?"

"당연하지. 아, 벌써 떨려."

민우가 고개를 쑥 빼더니 손을 번쩍 들고는 마구 흔들었다. 저

멀리서 승우 과장이 이쪽을 찾고 있는 눈치였다.

"과장님, 2미터 넘는 팝업북 실물 보셨다면서요. 어때요?"

전날 밤 11시 넘게 화물차에 싣기 전까지 팝업북 최종 검수를 진행해서 얼굴이 퀭한 승우 과장이 손으로 브이를 그려 보였다.

"어떻긴 어떻겠어, 대박이지."

환하게 웃는 승우 과장의 얼굴에 보조개가 진하게 패였다.

"이야, 판매용 팝업북 재고 모자라면 어쩌지? 걱정이네!"

민우의 호들갑에 다들 와르르 웃었다. 다들 그동안 눈코 뜰 새 없이 바빠서 지쳐 있었지만, 목소리엔 설렘이 차올랐다.

"이거 샘플북이지?"

윤슬은 끄덕이며 무릎 위에 올려둔 상자를 열었다. 샘플로 가져온 팝업북을 펼치니, 이야기의 장면 장면이 우수수 일어섰다. 한 장 한 장 넘길 때마다 보름달 아래 운화백화점의 옥상 정원에서 꽃밭을 만들자고 약속했던 연인과 마음을 연결하러 이리저리 돌아다니는 소피아의 모습이 손에 잡힐 듯 생생하게 펼쳐졌다. 구름 마법사 소피아가 입은 파스텔 톤의 파란색 원피스에는 별가루 같은 하이라이트가 들어가서 반짝였다. 소피아 캐릭터 디자인은 최아린 차장이 특별히 공들였는데, 표정과 동작을 세밀히 구현해 너무나 생생해서 금방이라도 그림책에서 튀어나올 것만 같았다. 한강 둔치에 앉아 세계관이 도대체 뭐냐며 한탄했던 시간을 지나 새로운 우주가 눈앞에서 피어나고 있었다.

"아, 뻘짓했던 것도 다 추억이네."

윤슬의 말에 유정이 하하 웃었다.

“아이고, 누가 들으면 우리 프로젝트 끝난 지 10년쯤 된 줄 알겠어. 근데 소피아 진짜 괜찮게 나왔네. 캐릭터 실사 뽑을 때 다들 놀랐다니까.”

“그러게 말이다, 2미터짜리 팝업북으로 보면 또 어떨까? 아, 최아린 차장님도 보셔야 하는데!”

다들 웃고 떠드는 사이, 창밖의 풍경은 서서히 달라지고 있었다. 논밭만 보이던 풍경이 어느새 커다란 빌딩과 공장이 군데군데 들어선 풍경으로 바뀌어 휙휙 스치고 지나갔다. 도시의 숨결이 성큼 다가온 듯했다. 그때 경쾌한 시그널송에 이어 안내 방송이 나왔다.

“잠시 후, 열차는 종착역인 부산역, 부산역에 도착합니다. 부산역에서 내리시는 고객께서는 놓고 가시는 물건 없이 소지품을 잘 챙겨 하차하시기 바랍니다. 내리실 때에는 좌우를 확인하시고, 발 빠짐에 주의하시기 바랍니다. 오늘도 SRT를 이용해주셔서 감사합니다.”

#2.

팝업스토어는 계획한 일정에 맞춰 착착 준비를 마쳤다. 이벤트 전날까지 밤샘 작업을 한 탓에 다들 얼굴은 초췌했지만, 최종 체크리스트에서 뭐 하나 빠진 것 없다는 걸 확인하고 나자 어디선가 새로운 힘이 솟아나는 듯했다.

화창한 5월의 햇살 아래, 거대한 팝업북 사이를 뛰어다니며 보물찾기하는 아이들과 그 모습을 남기려는 부모의 뒷모습을 뿌듯하게 바라볼 준비는 진작에 끝났다. 구름 프로젝트의 야심작인 구름 모양 풍선도 살랑살랑 흔들리며 봄 햇살에 반짝였다. 구름 모양 솜사탕을 만드는 기계에선 달콤한 냄새를 솔솔 풍겼다. 웅웅거리는 기계 소리마저 신나는 배경음악처럼 들렸다.

프로젝트 팀원들은 구름 마법사 소피아와 그의 세계관에 관해 기자들의 질문이 쏟아질 것에 대비해 예상 질문과 답변까지도 준비해둔 상태였다.

판매용 팝업북 500개는 옥상 정원의 팝업스토어 선반에 가지런히 놓아두었다. 팝업북 조기 소진 시 별도로 예약 접수를 받을지에 관해서는 끝까지 의견이 갈렸다. 민우와 유정은 이곳에서만 구매할 수 있는 한정판으로 남기는 게 좋겠단 생각이었다. 한정판 팝업북을 갖지 못해 안타까워하는 이들의 사연이 자연스레 입소문 마케팅으로 이어질 거라는 주장이었다. 반면에 승우와 윤슬은 어쨌든지 마케팅의 일환으로 제작했으니 한 명이라도 팝업북을 더 볼 수 있는 게 낫지 않겠냐며, 소진되는 상황을 보고 추후에라도 소장할 수 있게 예약 접수를 받자는 쪽이었다.

그때까진 다들 행복한 상상 속에 있었다. 마치 첫 공연을 앞둔 배우들처럼, 박수 소리를 상상만 해도 가슴이 뛰었다.

하지만 현실은 달랐다. 프리 오픈 첫날, 옥상 정원에 우뚝 선 대형 팝업북 사이엔 한가한 바람이 불었다. 대기 줄 관리를 위해 길게 세워놓은 펜스는 사실상 무용지물이었다. 백화점에서 새로운 캐릭터를 내놓든, 그걸로 이야기를 만들든 고객은 별 관심이 없었다. 인파가 몰린 이벤트 매장에서 치이다가 잠깐 앉을 데를 찾아 옥상에 올라온 고객들이 대형 팝업북을 흘낏 보는 정도가 다였다. 그나마 솜사탕을 먹고 싶은 아이들이 부모를 끌고 와서 그림책을 사달라고 졸랐고, 부모는 탐탁지 않은 표정을 애써 감추며 카드를 꺼냈다.

설상가상으로 풍선을 달라고 떼쓰는 아이들을 말리느라 직원들도, 부모도, 모두 난감해했다. 구름 마법사 소피아 이야기는 그들에겐 그저 '사은품으로 하나 얹어주는 그림책'에 불과했다. 소피아에 대한 사람들의 관심은 딱 그 정도였다.

반면 디저트 가게와 맛집 팝업스토어는 사람이 미어터지다 못해 컴플레인이 들어올 정도로 반응이 뜨거웠다. 줄이 끝도 없이 이어졌고, 인플루언서들 역시 매장을 찾아 먹방을 선보이며 이목을 끌었다. 뉴스 기사에는 재료 소진으로 백화점 영업시간이 끝나기도 전에 문을 닫은 팝업스토어 사진이 실렸다. 그 옆, 부산의 젊은 아티스트가 꾸민 '아우어 아지트' 공간에 대한 호평도 쏟아졌다. 특히 이번에 전시된 그림은 프리 오픈 기간에만 90% 이상이 판매되어 2차 작품 전시 논의에 들어갔다는 소문도 돌았다. 옥상을 제외한 모든 층에 사람들이 북적거렸다.

구름 프로젝트 팀원들은 남몰래 이벤트 홀에 내려가 성황리에 운영 중인 팝업스토어를 훔쳐보며 씁쓸한 감정을 삼켜야 했다. 구름 마법사 소피아의 팝업스토어 이벤트를 알리는 배너를 추가로 급히 제작해서 층마다 더 놓아 보았지만, 반응은 딱히 없었다. 배너는 분명 더 화려해졌는데, 사람들의 시선은 끝내 그곳에 닿지 않았다.

구름 프로젝트의 슬픈 운명은 거기서 끝나지 않았다. 이벤트 두 번째 날, 아침부터 폭우가 쏟아지기 시작한 것이다. 일기예보에도 없던 비가, 미리 찾아온 장마처럼 대차게 쏟아졌다. 5월에 내린다고는 믿기지 않을 만큼 빗줄기가 굵었다. 소피아 캐릭터와 세계관을 실감나게 표현하기 위해 여러 장의 종이로 섬세하게 작업한 대형 팝업북이 빗물에 젖자, 무게를 버티지 못하고 금세 흐물거리기 시작했다.

그렇다고 2미터가 넘는 대형 팝업북을 임시로 넣어둘 만한 공간도 없었다. 창고도 다른 매장의 판매용 상품을 넉넉하게 준비하느라 꽉 차 있어서 물에 젖은 대형 팝업북이 들어갈 형편이 되지 못했다. 그나마 남은 판매용 팝업북은 이준혁 팀장의 자동차에 어떻게든 욱여넣는 데 성공한 게 다행이라면 다행이었달까. 풍선은 난리통에 진즉 날아가버렸는지, 보이지도 않았다. 마치 이 모든 소동을 먼저 알아채고 도망친 것 같았다.

"팀장님! 그, 어떻게 방법이 좀 없을까요?"

오랜만에 만난 이준혁 팀장은 지난 몇 주간 잠을 제대로 못 잤는지 얼굴이 퀭했다. 리모델링 프로젝트 전반을 관리하려면 얼마나 많은 이슈를 점검하고 해결해야 하는 건지 감도 오지 않았다.

"안 그래도 그거 때문에 왔는데… 대형 팝업북 설치물 크기가 워낙 커서 말이야. 옮길 실내 공간이 마땅치 않네. 이벤트 홀은 만석이고, 고객 동선도 고려해야 해서…."

"그럼 판매용 팝업북이라도 전시 가능한 곳이 없을까요?"

"아…."

이준혁 팀장의 지친 얼굴에는 미안한 감정이 뒤섞여 있었다.

"그, 맛집 팝업스토어 옆쪽에 조금만 자리를 만들면… 안 될까요?"

지하 1층 푸드코트 옆에 자리한 맛집 팝업스토어는 커다란 이벤트 홀을 몽땅 차지하고 있었다. 승우 과장의 말에 팀장은 천천히 고개를 저었다.

"안 될 것 같아. 그렇지 않아도 손님이 하도 줄을 서는 바람에 지금도 너무 복잡하다고 컴플레인이 계속 들어오는 상황이라…."

"보니까 오후 4시면 재료 소진으로 문 닫던데요?"

민우는 사정하듯 목소리를 낮추어 간곡하게 말했다.

"그때 이후라도 좋아요. 잠깐만이라도 어떻게 안 될까요?"

"휴… 나라고 왜 안 해주고 싶겠냐만은… 이벤트 홀은 불가능하다고 봐야 해."

이준혁 팀장은 부르튼 입술을 핥으며 덧붙였다.

"계약 조건이 걸려 있기도 하고…."

"아니, 그래도 팀장님, 어디라도 좋으니 전시할 장소를 좀…."

승우 과장이 팀장의 팔을 간절히 붙잡았지만, 팀장은 힘없이 고개만 흐느적댈 뿐이었다.

"알아봤지. 문화센터 로비가 현재로선 최선이야. 그쪽에서도 팝업북 전시까지는 봐주겠지만, 적극적으로 책을 판매하는 건 안 된다고 하고… 그, 솜사탕 기계도 반입이 어렵다네."

"아….

누구도 쉬이 말을 잇지 못했다.

5층에 위치한 문화센터는 옥상에 비해 크게 다를 바가 없었다. 프로모션 활동도 제대로 못하는 조건이지만, 그마저도 감지덕지 해야 하는 상황이었다. 프로젝트 팀원들에게 끊임없이 전화가 쏟아졌다. 한결같이 대형 팝업북 어떻게 처리할 거냐는 가시 돋친 목소리였다. 비는 점점 세차게 쏟아졌고, 바닥에 고인 물 위로 종이 조각이 둥둥 떠다니는 게 보였다.

이준혁 팀장이 다급하게 이리저리 뛰어다니며 얼마나 상황을 알아봤을지 뻔히 보였지만 별다른 위로가 되지 못했다. 이번 팝업북 프로젝트에 들인 공이 얼마인데 이대로 철수해야 한다는 현실에 다들 욱하는 감정이 먼저 치밀었다.

그때 뒤쪽에서 한 아이의 울음소리가 들렸다.

"엄마, 나 솜사탕 사줘!"

엄마가 짜증 섞인 목소리로 아이와 실랑이를 벌이더니, 이내 윤슬 쪽으로 다가왔다.

"아니, 저기요. 팝업북인지 책인지 뭔지 그거는 말고요, 솜사탕만 살 수는 없어요?"

***

해운대 바다에도 비가 쏟아지고 있었다. 안개가 자욱한 가운데 짙은 회색빛 구름이 수평선과 맞닿을 듯 내려와 있었고, 식당 창가로 빗물이 줄줄 흘러내렸다.

바다가 한눈에 내려다보이는 갈치 요리 전문점에는 비가 쏟아져서인지 손님이 거의 없었다. 메인 요리가 나오지도 않았는데 반찬만으로 상이 한가득 찼다. 평소라면 다들 호들갑을 떨면서 하나하나 맛보았겠지만, 오늘만큼은 약속이나 한 듯 말없이 묵묵히 젓가락질을 했다. 젓가락이 접시에 부딪히는 소리만이 공허하게 울리며 마음을 쑤셔댔다.

결국 대형 팝업북 설치물은 철거하고, 판매용 팝업북은 문화센터 로비에 전시하는 것으로 정리됐다. 설치할 때는 전날 밤을 꼬박 새웠지만, 철거는 1시간 반 만에 끝났다. 프로젝트 진행에 대한 승낙을 얻기까지는 오랜 시간 많은 에너지가 필요했지만, 프로젝트를 접는 데는 별다른 힘을 쓰지 않아도 순식간에 가능하다는 사실을 알려주는 것만 같아 마음이 씁쓸했다. 무엇을 만드는 일보다 무엇을 없애는 일이 훨씬 수월하다는 것을 깨닫는 날이었다.

이대로 끝나면 또 다른 기회는 없을지도 몰랐다. 구름 프로젝트에게 주어진 시간이 얼마인지 모르지만, 이대로라면 내년 봄에 콘텐츠전략팀이 조직도에 남아 있을 가능성은 낮았다. 고이연 본부장의 운명도 위태로운 길로 접어들 것이었다. 머릿속에서 꿈꾸고 바랐던 모습이 그렇게 호락호락 현실이 될 리가 있겠냐고 비웃듯 바깥의 빗소리가 더욱 요란해졌다.

펄펄 끓는 뚝배기에 담긴 갈치조림과 된장찌개가 테이블에 놓였다. 이내 메인 요리인 노릇하게 구워진 갈치구이까지 자리하자, 이준혁 팀장이 입을 열었다.

"다들 진짜 수고 많았다. 팝업북 아이디어, 참 좋았는데…."

승우 과장이 팀장의 빈 잔에 소주를 따랐다.

"그러게요, 비가 이렇게 쏟아질 줄 누가 알았겠어요."

"분명 일기예보엔 비 소식 전혀 없었는데, 기후 위기가 진짜 실감 나네 그래."

이 팀장은 소주를 입에 털어놓은 뒤, 승우 과장과 유정의 빈 잔에 술을 따랐다.

"팝업북은 얼마나 팔렸지?"

"아, 그게… 500권 만들어 왔는데 32권 팔렸어요…."

윤슬이 머뭇거리며 말했다. 안 그래도 좀 전에 경영지원 본부에서 예상 재고 수량이 얼마나 되냐고 메신저로 물어와서 막 확인한 참이었다. 제작 물량 대비 10%도 팔지 못한 초라한 성적이었다. 옥상 정원의 애물단지 취급을 받다 철거된 대형 팝업북은 말할 필요도 없었다.

구름 프로젝트의 성과는 숫자로 간단하게 요약할 수 없다고 생각하긴 했지만, 실패의 무게는 쓰라렸다. 그동안 쏟아부은 시간과 열정은 숫자에 반영되지 않았다. 반대로 팝업북 판매 부수, 방문자 수, 제작비와 폐기물 처리비까지, 깔끔하게 숫자로 정리됐고, 즉시 다른 브랜드의 실적과 나란히 평가대에 올랐다. 난다

긴다 하는 캐릭터가 넘쳐나는 세상에서, 신생 캐릭터인 소피아가 대중의 관심을 받기가 얼마나 어려운지 구체적인 숫자로 실감하게 된 시간이었다.

이준혁 팀장은 면도를 하지 못한 턱을 습관처럼 쓸더니, 후우 하고 한숨을 길게 내쉬었다.

"고이연 본부장님은 잘 계시고?"

"네, 뭐….."

이번엔 승우 과장이 말끝을 흐렸다. 이준혁 팀장은 소주를 한 잔 더 마시더니 이마를 살짝 찌푸렸다.

"요새 이래저래 소문이 있다고는 하지만… 그 양반, 워낙 베테랑이니까 알아서 잘 하시겠지."

이준혁 팀장은 운화 센트럴 부산점 리모델링 일을 맡으며 여러 부서의 사람들과 종일 부대끼다 보니 이런저런 소문에 밝아진 모양이었다. 팀장이 팔짱을 끼며 민우 쪽을 돌아봤다.

"흠, 콘텐츠전략팀은 어떻게 되려나. 어이, 보급형 국정원. 뭐 들은 거 없어?"

"에이, 떠도는 소문이야 많죠… 근데 찌라시는 신뢰도가 꽝인 거 아시잖아요."

민우가 몸을 사리는 듯 말하자, 팀장이 껄껄 웃으며 민우의 어깨를 툭 쳤다.

"찌라시라도 알고 있는 거랑 아예 아무것도 모르는 거랑 다르지. 얘기 좀 해줘 봐."

"…뭐, 근데 이건 제가 봐도 말이 안 되는 소리라 좀 그렇긴 한데….."

민우가 온오프라인으로 수집한 정보에 따르면, 경영지원 본부 산하에 신규사업개발팀을 만들고 콘텐츠전략팀을 거기 흡수시키자는 방안도 나왔고, 백화점 문화센터팀에 콘텐츠전략팀 사람들을 보내는 아이디어도 있는데 무튼 요는 마케팅 본부 인력을 현재 대비 60% 수준으로 감축하는 방향으로 인사팀이 움직이고 있다고 했다. 한마디로 마케팅 본부의 힘을 빼는 게 포인트인 것 같았다. 논란의 중심에는 콘텐츠전략팀이 자리하고 있는 게 분명했고.

"아, 근데 뭐 인사팀에서 여러 안을 낸다고 해도 그게 어떻게 구현될지는 모르는 거고요… 정해진 건 아직 아무것도 없다고 보시면 돼요. 다 떠도는 얘기죠."

민우의 입가에 쓴웃음이 번졌다. 다들 조용히 한숨을 삼켰고, 민우는 팀장의 빈 잔에 소주를 따랐다.

주룩주룩 내리던 비는 거센 바람을 받으며 45도 각도로 속수무책으로 떨어지고 있었다. 검은빛 바다는 서서히 어둠에 잠기고 있었고 '휘우우우웅' 하는 바람 소리가 유리창을 뚫고 넘어왔다. 새하얗게 부서지는 파도는 마음속 깊은 구석을 철썩철썩 때렸다.

***

　결국 구름 프로젝트의 팝업스토어 성적은 이번에 센트럴 부산에 입점한 브랜드 중에서 최하위권에 머물렀다. 장대비가 쏟아지는 바람에 일찍 철수하게 되어서 어쩔 수 없었다고 변명하고 싶었지만, 비가 내리지 않은 첫 번째 날에도 실적은 하위권을 면치 못한 게 사실이었다. 그나마 신문 기사에선 운화백화점의 신생 캐릭터를 우호적으로 소개했지만, 운화 센트럴 부산점 리모델링 기사에 얹혀 가는 거라서 프로젝트의 성과라 말하기도 민망했다.

　이 정도로는 백화점에서 캐릭터나 이야기가 필요하다고 상부를 설득하기엔 택도 없었다. 오히려 백화점 캐릭터 같은 건 굳이 애써서 만들 필요 없다는 논리에 힘을 실어주는 형국이었다. 그 사실을 모르는 사람은 아무도 없었다. 무플보다 악플이 낫다더니, 팀원들은 차라리 뭐가 어때서 마음에 안 든다는 리뷰라도 올라오기를 바랄 지경이었다.

　윤슬은 당장 다음 주 주간 보고의 성과 항목에 뭐라고 써야 할지 몰라 난감했다. 최민기 본부장이 '내 그럴 줄 알았지'라는 표정을 지을 게 눈에 선했다.

　윤슬은 자꾸만 한숨이 나왔다. 난생처음 그림책을 만드느라 이리저리 인쇄소를 돌아다니고 시간 내에 완성하지 못할까 봐 밤잠 못 이루고 가슴 졸였다. 먼지가 풀풀 날리는 현장을 뛰어다

넜고, 밤을 꼴딱 새워서 옥상 정원의 바닥공사와 대형 팝업북 설치 작업까지 도왔었다. 프로젝트 팀원 각자가 할 수 있는 최선을 다해서 뛰었는데. 그런데도 이 모든 과정의 결과가 그저 '꼴찌'라는 성적이라면, 도대체 '홈런'은 어떤 순간에 만들어지는 걸까. 도대체 뭐가 어떻게 부족했던 걸까. 우리가 쌓아 올린 최선은, 파도가 한번 밀려오면 흔적도 없이 사라지고 마는 미미한 것이었을까.

자괴감과 무력감이 파도처럼 밀려들었다. 서울로 돌아가는 발걸음이 무겁기만 했다. 하지만 이곳에서 더 이상 할 수 있는 일도, 해야 할 일도 없었다.

수서행 SRT 기차가 서울을 향해 움직이기 시작했다. 윤슬은 자리에 앉자마자 프로폴리스 캔디를 하나 입에 넣었다. 어제부터 목 아래쪽이 까끌까끌하더니 아침부터 목 전체가 붓기 시작하면서 기침이 났기 때문이었다. 게다가 몸은 누가 밑에서 잡아당기는 것처럼 무거웠고, 머리도 지끈거렸다. 감기가 오기 시작하면 목이 제일 먼저 반응했기에 윤슬은 다음 단계를 자연스레 상상할 수 있었다. 미열이 나기 시작하다 온몸에 근육통이 오고, 목이 쉬면서 고열로 치닫고 걸어 다닐 힘도 없을 만큼 아플 것이라는 걸.

창밖으론 어제보다 가늘어진 빗줄기가 힘없이 내리고 있었고, 5월의 초록빛은 물기를 머금어 진해진 채 바람에 흔들거렸다.

다른 프로젝트 팀원들은 지친 얼굴로 잠들어 있었다. 윤슬은 잠이 오지 않았지만 애써 눈을 감은 채 고개를 뒤로 젖혔다. 덜컹거리는 진동이 심장박동처럼 규칙적으로 이어졌지만, 편안하지 않았다.

#3.

서울에서도 비는 계속 됐다.

부산에서 돌아온 뒤 윤슬은 매일 간신히 출근을 해내는 기분이었다. 프로젝트 팀의 분위기는 여전히 무거웠고, 다들 마음이 쉽게 회복되지 않는 듯했다. 어쨌든 오늘은 책방에서 글쓰기 수업이 있는 날이었다. 얼른 퇴근해서 따뜻한 집에서 웅크려 잠이나 자고 싶었지만, 정해진 수업은 빠질 수 없었다. 어쩌면 오늘만큼은 누군가의 이야기를 들으며 조금이라도 숨을 고르고 싶었던 것일지도 몰랐다.

통유리로 된 책방 창문은 활짝 열려 있었다. 창문 바깥으로 빗방울이 떨어지는 소리가 타닥거렸고, 하수구로 물이 졸졸졸 내려가는 소리가 선명하게 들렸다.

거리에는 빨간색과 노란색, 검은색과 투명한 우산을 쓰고 걸어가는 사람들이 보였는데, 윤슬은 그들의 뒷모습이 왠지 풀이 죽어 보였다. 지금 자신의 마음을 그대로 담은 캐릭터 같았다.

"이야기에서 위기는 필수적입니다. 왜 그럴까요?"

민성훈 작가의 목소리가 빗소리 사이로 또렷하게 울렸다.

"우선은, 캐릭터에게 위기가 닥쳐야 뭔가 행동을 하고 결정을 하고 선택을 하기 때문입니다. 이전과는 다른 방식으로 말이죠. 여기서 위기를 초래하는 사건은 꼭 외부에서 일어나는 게 아니어도 됩니다. 내면 세계에서 일어나는 복잡하고도 미묘한 감정과 생각이야말로 어떤 전투보다 치열하니까요."

민성훈 작가가 수업 프린트물을 나눠주면서 말을 이었다.

"다시 말하자면, 사건과 그로 인해 빚어지는 위기는 이야기를 흘러가게 만드는 에너지가 된다고 볼 수 있습니다. 우리의 인생도 마찬가지예요. 매일 예기치 못한 어려움이 들이닥치고, 그 속에서 발버둥치는 자신을 마주하죠. 독자가 캐릭터에게 마음을 주는 이유가 바로 여기 있습니다. 우리 모두와 다를 바 없다는 사실. 바로 그 점 때문에 갑작스레 어려움에 처하고 이를 극복하려고 고군분투하는 캐릭터에게 독자는 마음을 줍니다."

프로젝터 화면에는 '이야기에서 위기는 왜 필요한가?'라는 문구가 떠 있었다. 민성훈 작가는 수강생들을 찬찬히 훑었다.

"뿐만 아닙니다. 위기의 상황에서, 절망과 실패의 자리에서, 선명해지는 삶의 태도가 있습니다. 새로이 발견하는 내면의 자신이 있지요. 제가 소설을 읽고 쓰는 이유는, 바로 이 때문이라고 해도 과언이 아닐 겁니다.”

민성훈 작가의 동글동글한 얼굴에 웃음이 번졌다. 그는 이번 수업 과제로 ‘사건에 따른 위기’를 설정하고, 내 캐릭터가 이를 어떻게 받아들이고 해결해나가는지를 지켜본 다음, 이야기로 풀어서 써 올 것을 주문했다.

윤슬은 폭우가 쏟아지던 프로젝트 현장을 떠올렸다. 찬란한 꿈을 꾸었던 자신들을 비웃기라도 하듯, 거침없이 퍼붓던 빗줄기도. 그 순간을 세세하게 떠올리는 것만으로도 머리가 다시 아파오는 듯했다. 미처 닦아내지 못한 감정이 아직도 마음 어딘가에 고여 있는 것만 같았다.

과제 설명을 마친 민성훈 작가의 얼굴엔 어느덧 웃음기가 사라지고 진지한 기색이 깃들었다. 그는 손가락을 들어 프로젝터를 가리키며 말을 이었다.

“근데 이야기에 위기를 만들 때, 주의할 점이 하나 있어요. 거기에만 너무 빠지면 안 된다는 겁니다. 예를 들어볼까요? 여기 작가가 한 명 있습니다. 이 사람은 글 쓰느라 엄청난 스트레스를 받고 있죠. 세상에 자신만큼 외롭고 불쌍한 사람도 없다 싶고, 어딘가 도망치고 싶고, 그렇단 말입니다. 그런데 그런 하소연만 주야장천 쏟아내면, 읽는 사람이 공감하면서 같이 호흡할 수 있을까요?”

화면에 ‘멀리서 보면 희극, 가까이서 보면 비극’이라는 글자가

150

떴다.

"그래서 어느 정도의 거리 두기가 필요합니다. 여러분 인생에서 일어나는 사건 역시 때로는 제3자의 입장에서 객관적으로, 남의 일 바라보듯 보는 시선이 필요할 때도 있습니다. 세상에서 제일 힘든 일이란 '내가 지금 겪고 있는 일'이라는 우스갯소리처럼 너무 가까이서 말고, 사건에서 거리를 두고 남의 일 보듯 한 번 지켜보세요. 멀리서 보면 같은 사건이라도 분명 다르게 보일 겁니다."

윤슬은 그 말을 듣는 순간 팔에 오소소 소름이 돋았다. 그럴 리 없겠지만, 민성훈 작가가 왠지 윤슬의 상황을 모두 알고 얘기하는 것처럼 느껴져서였다.

"이야기는 어떤 관점으로 보느냐에 따라 완전히 다르게 보입니다. 똑같은 상황이라도 시트콤 대본으로 쓰였다면 어이없고 웃긴, 미묘한 감정을 자극하는 장면이 될 수 있지만, 정통 멜로드라마 대본에서는 감당하기 어려운 슬픔을 자아내는 장면으로 쓰일 수 있지요. 그 차이는 사건 자체에서 만들어지는 게 아닙니다. 바로 '시선'입니다. 여러분의 인생도 마찬가지일 겁니다. 똑같은 상황이 주어져도 이를 어떤 관점에서 볼 것이냐, 어떤 장르로 해석하냐 하는 것은 여러분 자신의 선택이라는 이야깁니다."

윤슬은 고개를 돌렸다. 창밖의 빗소리가 조금 더 가까이 들려왔고, 빗속을 걸어가는 사람의 뒷모습이 다시 눈에 들어왔다.

'저 사람들을 어떤 시선으로 바라볼지는 내가 결정할 수 있다.

상황도 마찬가지다….'

윤슬은 작가의 말을 곱씹으며 우산을 쓰고 걸어가는 사람들을 한참이나 바라봤다. 과제로 뭘 써야 할지는 여전히 감이 오지 않았지만, 오늘만큼은 아무것도 쓰지 못해 남겨진 텅 빈 공간이 가능성처럼 느껴졌다. 써보고 마음에 안 들면 다시 쓰지 뭐. 속으로 중얼거리자 빗소리도 경쾌하게 윤슬의 생각에 박자를 맞춰주는 것 같았다.

***

윤슬은 집에 돌아와 반신욕을 한 뒤 뜨거운 레몬차를 한 잔 마셨다. 머리가 한결 가벼워졌다. 그대로 잘까 하다가 침대에 기대 앉은 채로 윤고은 작가의 《빈틈의 온기》를 펼쳤다. 글쓰기 수업에서 이번 달에 함께 읽는 책이었다.

민성훈 작가의 말에 따르면, 이 책에는 작가가 하루에 왕복 4시간을 지하철로 출퇴근하면서 마주한 소소한 일상의 순간이 담겼다고 했다. 누군가에겐 지하철에서 하릴없이 흘려보내는 시간이 지루하고 답답하게 느껴질지 모르지만, 그 속에서도 우리가 깔깔대고 웃을 만한 일은 얼마든지 있다는 것을 깨닫게 해주는 책이라고. 머리 아픈 일이 있을 때도 이 책을 읽다보면 자신도 모르게 웃게 된다며, 그야말로 마법 같은 책이라고 덧붙였다.

얼마나 재밌는 에피소드가 많길래 그렇게까지 얘기했나 궁금했다. 몇 장만 읽다 자야겠다 싶어서 책을 펼쳤는데, 첫 문장부터 피식 웃음이 나서 책장을 넘기기를 멈출 수 없었다.

이틀 연속 같은 카페에 갔는데 내가 손소독제인 줄 알았던 그것이 시럽이었다는 걸 하루 지나서야 깨달았다.
- 윤고은, 《빈틈의 온기》, 흐름출판, P. 27

'맞아, 손소독제랑 시럽이랑 둘 다 투명하잖아? 나도 헷갈릴 뻔한 적 있었는데!'

윤슬은 사랑스럽고 엉뚱한 작가의 매력에 금세 빠져들었다. 이야기 하나하나가 죄다 말랑하고 부드러운 마시멜로 같았다. 이런 친구가 있다면 그의 이야기를 듣는 게 하루하루 시트콤을 시청하는 기분일 것 같다고 생각하며 페이지를 넘겼다.

2021년 올해의 오타상 후보는 벌써 쟁쟁하다. 얼마 전 라디오를 듣다가 소스라치게 놀랐는데 내가 좋아하는 디제이가 이런 말을 했기 때문이다.

"살인 청부가 가능한…, 번호로 보내주시면 됩니다."

당연히 살인 청부였을 리는 없고, 사진 첨부다! 사진 첨부가 가능한 번호로 사연을 보내라는 이야기. 아아, 내 머릿속에는 대체 무엇이 들어 있기에! 자, 이 사연을 이길 오타상 후보 또 있습니까?

- 윤고은, 《빈틈의 온기》, 흐름출판, P. 57

윤슬은 머릿속을 뒤적이며 자신의 과거도 한번 떠올려봤다. '양아치'를 쓴다는 걸 '양치기'라고 쓰고, '불가리스'를 '불가사리'라고 쓴 기억이 났다. 또 다른 오타가 뭐가 있었더라…. 윤슬은 이것저것 떠올려보다 혼자 킥킥거리며 웃었다. 온몸이 욱신거리던 긴장은 어느새 사그라들고, 딱딱했던 심장이 말랑말랑해진 기분이었다.

그러다 문득 구름 마법사 소피아 역시 이런 오타상 후보에 올릴 만한 에피소드가 많은 친구일 거라는 생각이 들었다. 예를 들어 고객의 이름을 엉뚱하게 기억해서 아무리 돌아다녀도 마음을 찾을 수가 없었다든지, 마법 주문을 잘못 외워서 역효과가 났다든지, 다른 우주에 갔다가 돌아오는 길에 포털 게이트 닫는 걸 깜빡했다든지 식으로 말이다. 생각이 미치자, 또다시 피식 웃음이 나왔다. 윤슬은 침대에서 몸을 일으켜 노트를 꺼낸 뒤 떠오른 아이디어를 하나둘 적었다.

고객 이름 잘못 기억, 마법 주문 오류, 우주 게이트 닫기 깜빡.

부드러운 연필심이 춤을 추는 것처럼 움직이면서 종이를 부드럽게 밀어냈다. 사각거리는 소리가 리드미컬하게 공기 중에 떠다녔다.

보름달이 뜬 날, 운화백화점 옥상 정원에서 어쩔 줄 몰라 하는 소피아에게 무슨 일이 있냐고 슬쩍 물어보니 소피아는 울상을 지으며 자신에게 맡겨진 마음을 이름이 비슷한 다른 사람에게 잘못 배송했다고 했다.

"진태현 고객님에게 가야 할 마음을 진대현 고객에게 전달했지 뭐예요….."

그런데 고객 정보 시스템을 아무리 뒤져봐도 진대현이라는 사람은 나오지 않았고, 한참을 동동거리던 소피아는 문득 그 사람이 도둑이 아니었을까, 하는 생각에 이르렀다. 도둑은 일부러 자신을 헷갈리게 하면서 다른 사람의 마음을 훔쳐가는 기술을 쓰곤 했으니까….

여기까지 이야기를 끄적인 윤슬은 피식 웃으면서 '마음 도둑이라니, 그 사람은 어떤 얼굴을 하고 있을까? 왜 마음을 훔치려 할까?' 상상하고는 노트에 커다랗게 물음표를 그렸다. 물음표의 꼬리가 살짝 들썩이며 종이 위를 헤엄치듯 움직이는 것처럼 보였다.

구체적으로 맥락을 연결하면서 구름 마법사 소피아를 상상하다 보니 흐릿했던 초점이 서서히 선명해지는 기분이었다. 곧 이야기가 머릿속에 떠오르기 시작했다. 윤슬은 사각거리는 연필 소리의 리듬을 따라 한 줄씩 문장을 써 내려가기 시작했다.

글을 쓰다 보니 구름 프로젝트 팀이 운화 센트럴 부산점에서 고군분투했던 순간들도 어쩌면 누군가에게는 시트콤의 한 장면처럼 보였을지도 모르겠다는 생각이 들었다. 소피아가 고군분투하는 장면 역시 소피아 본인에겐 무척이나 곤란한 절체절명의 사건이지만, 제3자의 관점에서 보니 흥미로운 모험처럼 보이는 것처럼 말이다.

윤슬은 부산에서의 자신의 모습을 제3자가 된 기분으로 떠올려봤다. 폭우가 쏟아지는 백화점 옥상에 덩그러니 놓인 대형 팝업북이 시트콤 촬영 세트장에 갖다 놓은 소품처럼 우스꽝스럽게 느껴졌다. 만약 폭우가 쏟아지는 그날의 우리와 옥상 정원을 소피아가 봤다면 무슨 생각을 했을까? 윤슬은 그제야 민성훈 작가가 말한 '거리 두기'의 의미를 실감했다.

한참을 끄적이던 윤슬은 문득 다리가 저릿하다는 걸 깨달았다. 자리에서 일어나 몸을 쭉 펴자 저절로 하품이 나왔다. 창문 너머로는 가느다랗고 샛노란 초승달이 걸려 있었다. 초승달은 보름달이 아니라도 상관없다는 듯 자신만의 빛깔을 자랑하며 선명한 빛을 냈다. 윤슬은 노트를 덮은 채 초승달을 가만히 바라봤다. 말 한마디 않고도 괜찮다고, 괜찮다고 얘기하고 있는 것 같았다.

#4.

"네? 몇 층이요?"

윤슬은 아주 잠깐, 자신이 아직 꿈을 꾸는 중인가 싶었다. 15층이라니. 거긴 대표이사실이 있는 꼭대기 층 아닌가? 입사 후 엘리베이터에서 15층을 눌러본 적이 단 한 번도 없는데?

윤슬이 당황해서 말을 잇지 못하자, 휴대폰에서 흘러나오는 한승우 과장의 목소리가 한 톤 높아졌다.

"최대한 빨리 와. 아니, 지금 당장 올라와야겠는데? 사무실이지?"

엘리베이터 15층을 누르는 손가락이 딱딱하게 굳어 있었다. 문이 닫히고 바닥이 서서히 밀려 올라가는 감각을 느끼며 윤슬은 휴대폰을 꽉 쥐었다. 층수가 올라갈수록 심박수도 함께 높아지는 중이었다.

윤슬이 회의실 문을 열고 들어가자, 모두의 시선이 한번에 쏠렸다.

"다 모인 건가요?"

"네, 그렇습니다, 대표님."

베이지색 니트를 입은 대표는 50대 후반치고는 동안으로 보였지만, 네모난 얼굴형과 단단해 보이는 턱 때문인지 강단 있어 보이는 인상이었다. 팀원들이 모두 모인 걸 확인하자, 그는 고이연 본부장의 얼굴을 흘낏 보더니 뭔가를 천천히 집어 들었다.

"이번에 구름 프로젝트 팀에서 재밌는 걸 만들었더군요?"

대표의 손에는 운화 센트럴 부산점에 전시되었다가 처치 곤란이 된 팝업북이 들려 있었다. 그러니까 재고가 정확히 468권 남아 있는 바로 그 그림책.

대표가 페이지를 넘기자 구름 마법사 소피아의 세계가 분위기 파악도 못하고 벌떡벌떡 자리에서 일어났다.

고이연 본부장이 침착하게 입을 열었다.

"네, 대표님. 지난번 임원 회의에서 보고드린 대로 운화백화점이 운화동에서 시작했다는 점에 착안해 '구름'을 주요한 모티브로 삼아 구름 마법사 소피아 캐릭터를 선보였습니다. 사람들의 마음과 마음을 잇는 일종의 배송 기사 캐릭터로 구상해 팝업북 형태로 만들어 보았습니다. 고객의 마음을 전하는 백화점이라는 메시지를 직관적으로 경험하게 하려는 기획으로….”

“거, 말이 거창하군요, 본부장. 내가 언제 그런 걸 물었나요?”

대표의 굵직한 음성이 본부장의 말을 싹둑 잘랐다. 얼핏 가벼운 질문처럼 들렸지만, 그 속엔 뾰족한 가시가 있었다. 고이연 본부장의 얼굴은 서서히 굳어갔다.

대표는 팝업북을 탁 소리가 나도록 닫았다.

“팩트부터 짚어봅시다. 판매 부수는 32권, 현재 재고가 468권, 보관과 회수에 따른 추가 비용 발생. 거기에 더해 센트럴 부산점 옥상에서 처치 곤란한 대형 팝업북 때문에 고생했다는 후문까지. 그런 보고는 일절 없군요?”

그는 고이연 본부장을 향해 몸을 약간 기울였다.

“고이연 본부장, 콘텐츠전략팀 처음 만들자고 제안할 때 말입니다. 그때 나한테 뭐라고 했습니까? 백화점에도 스토리텔링이 있어야 한다고, 이야기가 고객에게 가닿아야 백화점의 인지도와 고객 충성도가 높아질 수 있다고 하지 않았습니까? 이번에는 믿어달라면서요?”

대표의 목소리는 차츰 높아졌다.

구름 프로젝트 팀원들도 회의실에 있었지만, 높아진 대표의 목소리는 고이연 본부장만을 향했다. 프로젝트 팀원들은 이러지도 저러지도 못한 채 눈치만 보고 있었다.

“그런데 그동안 콘텐츠전략팀에서 한 게 뭡니까? 매번 팀이 있어야 한다고 말만 했지, 그래서 그 팀이 실제로 이룬 성과가 뭐냐 이 말입니다.”

대표는 팝업북을 들고 흔들며 목소리를 키웠다.

“내가 언제 이런 거 만들라고 했습니까? 그림책 자체가 나쁘다는 게 아닙니다. 다만, 특별한 스토리도 담기지 않은 그림책이 술술 팔릴 거라고 기대라도 한 것처럼 보여서 말입니다. 운화백화점에서 캐릭터를 만들면 고객이 팬클럽이라도 만들어서 곧바로 구입할 줄 알았어요? 회사가 무슨 대학생 동아립니까? 아마추어 집단이에요?”

탁.

대표가 다시 책을 내려놓는 소리가 회의실을 울렸다.

고이연 본부장은 입술을 꾹 다문 채 침묵했다. 대표의 비난은 프로젝트 팀 전체를 향한 것이나 다름없었다. 침을 삼키는 소리도 들릴 듯한 정적 속에 긴장감이 실처럼 팽팽히 당겨졌다.

그때, 회의실에 누군가 노크를 하고 들어왔다. 비서실장이었다. 대표에게 귓속말로 몇 마디 하자, 대표는 미간을 찡그린 얼굴을 그대로 드러내며 자리에서 일어섰다.

“마지막으로 기회를 한 번 주죠. 구름 마법사 소피아든 뭐든 활용해서 우리 백화점만의 크리스마스 이야기를 만들어 오세요.”

뺨이 굳어 있던 고이연 본부장이 눈을 들어 대표이사를 봤다.

“…크리스마스 이야기 말씀이십니까, 대표님? 올해 크리스마스 콘셉트는 VMD팀에서 이미 작업을 완료….”

"어제 VMD 보고 받을 때 내가 했던 말, 벌써 잊었습니까? 크리스마스 마켓 콘셉트도, 이야기도, 마음에 드는 구석이 하나도 없다고요."

대표가 회의실 문으로 발걸음을 옮기는 사이, 고이연 본부장의 눈빛이 순간적으로 번쩍 빛났다.

"대표님, 그 말씀은…."

고 본부장이 벌떡 일어나는 바람에 의자가 뒤로 밀리는 소리가 났다. 대표가 부루퉁한 눈빛으로 고 본부장을 돌아봤다.

"올해 크리스마스 스토리텔링을 VMD팀이 아니라 구름 프로젝트에서 맡는다, 그런 겁니까?"

본부장의 질문에 대표는 손목시계를 흘낏 내려다보더니, 고개를 저으며 혀를 찼다.

"허어, 내가 언제 구름 프로젝트에 맡긴다고 했습니까? 우리 백화점의 크리스마스 이야기를 만들어 오면, 그걸 보고 판단하겠다는 의미입니다. 그 이상도, 그 이하도 아닙니다."

대표는 구름 프로젝트 팀원들에게 시선을 돌렸다. 네모난 턱선에 푸른 핏줄이 올라온 게 보였다. 은색 안경테가 차갑게 빛났다. 단단한 바위를 닮은 목소리가 공기 중에 쏟아졌다.

"아, 한마디만 더 하죠. 다들 알다시피 올해 운화백화점이 창립 40주년입니다. 40주년에 걸맞은 제대로 된 이야기를 크리스마스 시즌에 선보일 수 있게 준비해 오세요. 그리고 다들, 이것만은 똑똑히 기억하길 바랍니다."

대표는 고이연 본부장에게로 시선을 옮기며 말을 이었다.

"만약 최종안이 통과되지 못하는 경우."

대표의 얼굴엔 변화가 거의 없었다.

"내년에도 콘텐츠전략팀이 우리 회사에 있어야 한다고 설득하기는 어려울 겁니다. 구름 프로젝트는 말할 것도 없겠고요."

그 말을 끝으로 대표는 회의실을 빠져나갔다.

문이 닫히고 나자, 정적이 내려앉았다. 탁자 위에 덜렁 남겨진 팝업북만이 묵직한 과제의 무게를 드러냈다. 이내 승우 과장이 참아온 한숨을 후우 토했다.

"본부장님… 그러면 저희가 프로젝트를 처음부터 다시 시작해야 하는 걸까요?"

"아뇨, 그건 아닙니다."

고이연 본부장은 간결하게 답하며 대표이사가 두고 간 팝업북을 집어 들었다.

"대표님 말씀은, 판을 깔아줄 테니 제대로 된 이야기를 만들어 오라는 겁니다. 운화백화점 40주년을 기념해 크리스마스 시즌을 특별하게 빛낼 아이템으로 '스토리텔링'을 꼽은 거나 다름없어요. 물론, '제대로' 만들어야 하는 게 중요하지만요."

옅은 웃음이 고이연 본부장의 입가에 서렸다. 고이연 본부장은 단단한 결심을 품고 결기를 드러낼 때와 마음에 쏙 드는 무언가를 발견했을 때 표정의 결이 같은 사람이었다.

본부장은 팝업북을 손가락으로 톡톡 두드리며 말을 이었다.

"대표님께서 VMD팀 크리스마스 마켓 영상 기획안이 어지간히도 마음에 안 드셨나 보네요. 어떤 의미에선… 우리에게 기회가 온 셈이고요."

"…기회요?"

고개를 끄덕이는 본부장의 다갈색 눈동자에 반짝임이 스쳤고 회의실 공기가 미묘하게 달라졌다. 어쩌면 오늘 구름 프로젝트는 대차게 깨지기만 한 게 아닌지도 몰랐다. 어쩌면 새로운 변곡점을 만난 순간일지도. 우리는 예상치 못했던 기회를, 위험하지만 놓칠 수 없는 기회를 받은 걸까?

윤슬은 민성훈 작가의 말을 떠올렸다.

'여러분의 인생도 마찬가지일 겁니다. 똑같은 상황이 주어져도 이를 어떤 관점에서 볼 것이냐, 어떤 장르로 해석하냐 하는 것은 여러분 자신이라는 이야깁니다.'

상황을 어떤 관점으로 볼 것이냐의 문제라…. 윤슬은 시선을 회의실 창가로 던졌다. 초여름 햇살이 통유리창을 비집고 들어와 있었다. 15층의 창문 너머로는 다른 빌딩에 가리지 않은 푸른 하늘이 널찍하게 펼쳐져 있었고, 시선 끝에는 반짝이는 한강의 윤슬이 아스라이 보였다.

이야기를 만드는 건 한낮에 초승달을 찾는 일과 비슷했다. 햇빛 때문에 보이지 않지만, 분명 하늘에 떠 있을 초승달을. 눈에 보이지 않지만 분명 존재하는 가느다란 희망의 끝과 같은 한낮의 초승달.

　윤슬은 팝업북을 유심히 바라보며, 한낮의 초승달을 마음속으로 더듬었다.

#5.

바질 크루아상 하나가 옅은 갈색 윤기를 머금은 채 뺑오쇼콜라와 함께 쟁반에 올려졌다.

"어, 까눌레는 무조건 담아야지!"

최아린 차장이 초콜릿 까눌레를 두 개 골라 쟁반에 올렸다.

"우왓, 얘도 너무 맛있어 보이는데요?"

윤슬은 크럼블 사과파이를 집게로 조심스럽게 집었다. 가장자리에 우둘투둘하게 크럼블이 올라가 있고 하얀색 슈거파우더까지 뿌려져 있어서 식감과 맛이 모두 보장되는 아이템이었다. 카페를 가득 채운 고소한 버터와 커피 원두향이 코끝을 간질였다.

쟁반에 빈자리가 보이지 않도록 빵으로 꽉꽉 채워 자리로 돌아오니 승우 과장과 민우 그리고 유정도 음료를 가지고 막 돌아온 참이라며 최아린 차장과 윤슬에게 아이스 아메리카노와 말차 라테를 내밀었다.

카페는 골목 구석에 자리 잡은 작은 곳이었지만, 저녁 8시가 넘었는데도 빈 테이블을 찾기 힘들 정도로 붐볐다. 하얀 앞치마를 입은 프랑스인 파티시에가 주방을 바삐 오가는 게 보였다.

"그러니까, 크리스마스 마켓 스토리텔링을 구름 프로젝트에서 맡게 됐다고?"

최아린 차장은 까눌레를 반으로 갈라 포크로 콕 찍더니 얼른 한 입 베어 물었다. 바사삭하는 소리가 맞은편에 앉은 윤슬한테까지 들렸다.

"아, 아직 우리가 맡는 것으로 확정된 건 아니고요. 스토리 기획안을 한번 보고해보라고 하신 거라서요…."

승우 과장이 조심스럽게 말을 정정했다. 구름 프로젝트에게 주어진 마지막 기회라는 소리는 굳이 덧붙이지 않았다.

흠, 하는 소리를 내며 최아린 차장은 말차라테를 한 모금 마셨다.

상황을 정리해보니, 이 모든 일의 발단은 VMD팀에서 크리스마스 마켓 콘셉트에 맞춰 준비한 영상 광고 보고가 왕창 깨지면서 시작된 것으로 보였다.

최아린 차장의 말에 따르면 올해 크리스마스 마켓 콘셉트는 '소란스러운 도시의 비밀 정원'이라고 한다. 우리나라의 크리스마스 마켓은 기본적으로 '신나고 화려하고 아름다운' 이미지를 구현하는 데 쏠려 있으니 조금 색다르게 '차분하고 비밀스러운' 콘셉트로 차별화하려는 계획이었다고.

"한마디로… 도심에서 즐길 수 있는 비밀스럽고 사적인 휴식의 이미지를 우리 백화점에 갖고 오려던 기획이었어."

"소란스러운 도시의 비밀 정원이라는 거죠…?"

민우가 중얼거리며 고개를 갸웃거리자, 최아린 차장은 휴대폰을 열어 메일을 하나 찾아내더니, 파일을 열었다.

"자, 이건 영상 광고 스토리보드야. 첫 장면에서는 노을이 깔리는 프라하 전경이 먼저 잡히고, 이어서 피에로 분장을 한 남자가 공사 중인 비밀의 정원 세트장에 뚜벅뚜벅 걸어 들어와."

최 차장이 슬라이드를 넘겼다.

"그리고 여기 보이지? 세트장 인부들이 잠깐 쉬는 시간이라는 걸 안 피에로는 정원 구석에 놓인 벤치에 앉아 프라하의 노을을 바라보다가, 변장을 위해 썼던 모자를 벗고 거추장스러운 옷도 잠깐 벗어던진 채 벤치에 눕지. 그러다가… 그대로 잠들어버리는 거야."

"어, 피에로가요?"

윤슬의 질문에 최 차장이 윙크하듯 웃었다.

"응, 하루가 너무 고단했던 거지. 우리네 인생 같지 않니?"

스토리보드의 스케치는 상당히 완성도가 높았다. 색연필로 아웃라인만 잡은 일러스트였지만 오롯이 장면을 떠올릴 수 있었고, 유머러스한 감각까지도 느껴지는 그림체였다. 노을이 내려

앉은 프라하를 배경으로, 벤치에서 깜빡 잠든 피에로의 힘들었
던 하루를 직관적으로 느낄 수 있었다.

"다음 장면을 보면, 공사를 계속하려 세트장에 들어오려던 인
부들이 잠든 피에로를 발견하는 거 보이지? 서로 조용히 하라고
쉬쉬하고 있는 모습이 이어지고… 피에로 곁으로 초록빛 가로
등이 서서히 밝아지지. 다음으론 화면 중앙에 자막이 뜨는 거야.
'피에로는 휴가 중'이라고."

마지막 장면이 넘어가며 화면이 와이드샷으로 열렸다.

"다음 장면에선 서서히 배경이 드러나. 여기가 반전 포인트인
데, 알고 보니 여기는 프라하가 아니었어. 광고 촬영 중인 운화
백화점 옥상이었던 거지."

최아린 차장은 검지를 세우며 구름 프로젝트 멤버들와 눈을
마주쳤다.

"그러니까, 운화백화점이 누군가에겐 비밀스럽고도 아늑한
아지트가 될 수 있단 점을 부각한 거야. 여기에 이어서 이번 캠
페인의 슬로건이 뜨는 거지."

마지막 슬라이드에는 '소란스러운 도시의 비밀스러운 크리스
마스 정원'이라는 글씨가 나타났다가 사라지고 백화점 로고가
이어서 등장했다.

민우가 고개를 갸웃거렸다.

"제가 보기엔 괜찮아 보이는데요? 뭐가 문제였나요…?"

"문제는…."

최아린 차장은 잠깐 말을 끊었다가 이었다.

"…그냥 '괜찮은' 정도로는 오케이 사인이 안 난다는 거였지. 올해가 40주년인데 뭔가 특별한 구석이 없다는 평가였어. 확실히 차별화되든가, 운화백화점이 제대로 드러나든가 해야 하는데 둘 다 아니었던 거지."

대표의 딱딱하고 차가운 얼굴이 겨울바람처럼 머릿속을 스쳤다. 최아린 차장은 지겹다는 듯 한숨을 쉬며 말차라테를 마셨다.

"게다가 타이밍도 나빴고 말이야. 작년에 경쟁사인 엠파이어 백화점에서 '산타 마을의 최연소 산타 이야기'를 만들어서 화제가 되었잖아? 콘셉트와 스토리가 있는 크리스마스 마케팅이 확실히 눈에 띄니까."

윤슬도 영상을 본 기억이 났다. 엠파이어 백화점의 크리스마스 마켓 앞 거대한 스크린에서 그 영상이 하루 종일 재생되었다. 심지어 포털사이트 시작 페이지 광고로도 연일 등장해서, 안 보고 지나치기가 더 힘들었다. 핀란드의 산타 마을을 배경으로 하는 이야기였는데, 무엇보다 인상적이었던 건 산타 하면 '나이 든 백인 남자'를 자연스레 떠올리는 고정관념을 깼다는 점이었다. 이 영상 속 산타 마을에는 할머니도 있고, 흑인 아저씨도 살고 있었다. 일본 작가의 그림책을 모티브로 각색해서 만들었다던데, 제목까진 기억이 안 났다.

이야기는 열 살짜리 남자아이가 최연소 산타에 도전하면서 벌어지는 일을 담고 있었는데, 마지막 장면에서 남자아이가 엠파이어 백화점의 크리스마스 마켓에 선물을 배달하러 오는 모습이 깊은 인상을 남겼다. 스토리를 기반으로 한 마케팅 결과는 압도적이었다. SNS 반응도 폭발적이었고, 크리스마스 마켓의 매출도 작년 대비 3배 이상 뛴 데다 우호적인 기사도 줄줄이 쏟아져서 백화점에선 반색했다고 했다. 한마디로 '뻔하지 않은' 크리스마스 마케팅이었다.

팔짱을 끼고 있던 민우가 낮게 중얼거렸다.

"흠, 작년에 엠파이어 백화점의 크리스마스 마케팅이 성공적이었다는 건 저희도 알고 있었는데… 그렇다고 우리 백화점에서 이걸 벤치마킹할 생각은 딱히 못 했어요."

승우 과장이 당연하다는 듯이 말을 받았다.

"그렇지, 경쟁사에서 한 걸 그대로 따라 하는 것처럼 보일 수도 있고, 우리 예산 규모를 감안했을 때 특수 CG 기술이 들어간 영상을 만든다거나 대대적으로 매체에 광고를 집행하기란 현실적으로 어려우니까…."

최아린 차장은 크럼블 사과파이를 한 조각 잘라 입에 넣더니, 고개를 끄덕이면서 경쾌한 말투로 말했다.

"어쨌든! 크리스마스 시즌 스토리텔링 미션이라니. 구름 프로젝트에 기회가 온 거라고 봐야 하지 않아? 솔직히 VMD팀에선 열받아 할 소식이긴 하지만."

최 차장 건너편에 앉은 유정은 힘없이 웃었다.

"뭐, 그렇게 볼 수도 있는데… 문제는 시간이에요."

“아… 그건 그렇겠네.”

“크리스마스 마켓 오픈까지 일정 맞추려면…”

승우 과장은 말을 잠깐 멈췄다.

“앞으로 2주 안에 최종안이 확정되어야 한대요.”

그 말이 떨어지자, 테이블 위 공기가 단번에 무거워졌다.

2주. 아이디어를 다듬고, 스토리를 확정하고, 시안을 만들고, 제작에 들어가야 하는 시간. 너무나 빠듯했다.

윤슬은 휴대폰 달력을 열었다. 오늘을 제외하면 실질적으로 움직일 수 있는 시간은 열흘 남짓. 그 안에 이 이야기를 ‘말’이 아니라 ‘형태’로 만들어야 했다.

테이블엔 다시 고요가 흘렀다. 단순한 시즌 마케팅 기획안 보고가 아니라 팀의 존재 이유를 증명해야 하는 시험대라는 생각에 어깨가 더욱 무거워졌다. 얼마 전까지만 해도 ‘구름 마법사 소피아’는 종이 위의 상상이었는데, 이제는 백화점 40주년 크리스마스를 책임질 이야기가 되어야 할 판이었다. 그건 콘텐츠전략팀의 미래를 책임질 이야기가 되어야 한다는 말이기도 했다. 이 이야기가 내일로 안내할 새로운 등불이 될지, 꺼져가는 불꽃의 마지막 흔들림이 될지는 아직 아무도 알 수 없었다.

#6.

코엑스 앞 전광판은 어스름이 깔리기 시작한 거리를 화려한 불빛으로 물들이고 있었다. 광고 속 최신형 휴대폰의 매끈한 금속 질감과 유려한 곡선 디자인이 클로즈업으로 비치고, 이어 화면에 손끝이 닿으면 부드럽게 반응하는 터치 화면이 생생하게 펼쳐졌는데, 마치 '한번 만져봐'라며 영상 밖으로 튀어나올 것 같았다.

"여기예요, 여기!"

기현이 윤슬을 먼저 알아보고 손을 번쩍 들었다.

"어머, 파마했어요?"

윤슬은 자신도 모르게 웃음이 터져 나왔다. 항상 반듯한 기현의 모습만 봤는데, 가볍게 웨이브를 준 머리를 보니 새로웠다.

반년 만에 보는 건데 아주 오랜만에 만나는 것 같기도, 며칠 만에 다시 보는 것 같기도 했다.

기현이 제 머리칼을 만지작거리며 어색한 듯 대꾸했다.

"아, 지난달에요. 워낙 직모라서 파마를 해도 금세 풀리네요."

"잘 어울린다고 해줄게요. 뭐, 좀 더 풀려야 할 거 같기는 한데…."

"허, 참나!"

기현이 눈을 흘기자, 윤슬은 혀를 날름거리며 웃었다.

둘은 파르나스몰로 내려가 북적이는 인파를 뚫고 작은 소바집에 들어갔다. 멘토였던 기현이 퇴사하면서 6개월 뒤에 밥이나 한번 먹자고 했던 약속을 지키는 날이었다.

"그래서, 일은 할 만해요?"

"그럴 리가 있겠어요?"

윤슬은 지겹다는 얼굴로 고개를 세차게 저었다.

"아, 진짜 본부장님도 대표님도 뭘 하라는 건지 모르겠어요. 맨땅에 헤딩도 정도가 있지. 이건 뭐… 이야기 세계관도 알아서 만들고, 프로모션도 알아서 해보라잖아요. 예산은 줄 수 없으니 방법은 알아서들 찾아오고. 시간만 맨날 2주 준대요. 아, 그놈의 '2주 뒤에 봅시다'가 몇 번째인지 모르겠어요. 이젠 '2주'라는 단어만 들으면 속이 다 울렁거린다니까요."

기현은 웃음기를 띤 얼굴로 끄덕거리며 윤슬 앞에 수저를 놓아주었다.

"그래도 얘기 들어보니까 엄청난 기회던데요? 구름 프로젝트가 크리스마스 스토리 만드는 미션을 받다니. 다른 팀들 눈 돌아갈 일인데?"

윤슬은 허탈하게 웃으며 따뜻한 소바면을 한 입 삼켰다. 쫄깃한 면발이 감칠맛 나는 국물과 어우러지자, 속이 탁 풀렸다.

"아니, 뭘 제대로 해내야 말이죠. 기대를 충족시키기는커녕, 맨날 깨져요, 아주. 2주에 한 번씩, 비눗방울 터지는 것처럼 펑펑 깨진다고요. 흔적도 없이 사라져요."

"누가 그래요, 기대한다고?"

윤슬은 단호박 튀김을 집던 젓가락을 멈췄다.

"…네?"

기현이 씩 웃으며 윤슬의 잔에 물을 채우며 말했다.

"내가 재밌는 얘기 하나 해줄까요? 최아린 차장님 신입 시절 이야긴데요."

기현의 이야기는 직구로 나오는 법이 없었다. 곧장 핵심으로 들어가지 않으면서도, 이상하게 다음 이야기를 궁금하게 만들었다.

"뭔데요? 최아린 차장님이?"

윤슬은 튀김을 한 입 베어 물며 되물었다.

"그때 차장님이 추석 맞이 특별 팝업스토어를 디자인하라는 미션을 받았대요. 마감이 코앞인데, 도무지 손에 잡히는 게 없더래요. '이게 맞나?' 싶은 생각만 들고, 얼마나 잘해야 괜찮은지도 모르겠고. 그렇다고 또 기대를 저버리고 싶진 않아서 곧 된다는 말만 반복하고 있었다네요. 못하겠다고 말도 못하고 무작정 시간만 보낸 거죠."

기현은 젓가락을 탁 놓으며 말을 이었다.

"그때 차장님의 멘토가 자리로 오더니, 아이디어 구상 단계의 초안이라도 괜찮으니 기획안을 당장 보여달라고 하더래요. 차장님이 벌벌 떨면서 아무 말도 못하고 있었는데, 그 멘토가 뭐라고 했냐면요…."

윤슬은 차장의 멘토였다는 사람을 상상했다. 어쩔 줄 몰라 대꾸도 하지 못하고 잔뜩 졸아 있는 최아린 차장의 신입 시절 모습도.

기현은 그런 윤슬의 표정을 읽은 듯, 살짝 웃으며 말을 이었다.

"그때 그분이 이런 말을 했대요. '인생에서 네가 하는 일이 남들이 추켜세우는 것만큼 대단할 리도 없고, 남들이 깎아내리는 것만큼 못 할 리도 없어'라고요."

기현의 눈매가 부드러워졌다.

"…그러니까 누군가 칭찬하는 말에 들떠서 으스댈 필요도 없고, 깎아내리는 말에 쪼그라들 필요도 없다는 거죠. 사람들은 생각보다 다른 사람에게 관심이 별로 없으니까. 그런데 다들 별생각 없이 툭툭 내뱉은 말에 괜히 흔들릴 때가 많잖아요. 다시 말해서… 그냥 자신의 일을 나름의 최선을 다해서 하면 그걸로 충분하다는 소리였겠죠?"

기현의 시선이 주변을 향했다. 작은 소바집은 만석이었다. 드라마를 보면서 혼밥을 즐기는 회사원의 모습도 보였고 유모차를 끌고 나온 부부가 소바를 먹으며 대화하는 모습도, 정장 재킷을 벗고 넥타이를 풀어헤친 남자 둘이 껄껄 웃는 모습도 보였다. 그 소음 속에서도 기현의 목소리는 또렷하게 들렸다.

"누군가의 기대에 부응하기 위해서만 살 수는 없잖아요. 기준이 밖에 있으면, 바람이 부는 대로 흔들릴 수밖에 없기도 하고요. 이야기도 다른 사람의 기대에 부응하기 위해서 만드는 것보다는 윤슬 씨 스스로가 진짜로 읽고 싶은 이야기를 다른 사람들에게 보여준다고 생각하고 만들어보면 어떨까, 그런 얘길 하고 싶었어요."

기현의 말이 끝나자, 윤슬은 아무 말도 하지 못했다. 그저 젓가락 끝으로 접시에 남은 튀김 부스러기를 천천히 모았다. 그리고 그 말을 곱씹었다. 한마디 한마디가 마음 깊숙한 골짜기에 내려앉아 스며드는 기분이었다.

"…오, 멘토님. 애프터서비스 한번 확실하게 해주시네요. '기준이 밖에 있으면 바람 부는 대로 흔들리기 마련이다….' 이 말, 진짜 오래 남을 것 같아요."

"그쵸? 근데 이야기가 그걸로 끝이 아니에요. 거기서 끝나면 재미없죠."

기현은 재밌다는 듯 입술을 실룩거렸다.

"최아린 차장의 멘토가 누구였는지 알아요? 바로… 고이연 본부장님이었대요."

"네에?"

입을 딱 벌린 윤슬의 얼굴을 이미 예상하고 있었는지 기현은
눈썹을 찡그리며 웃음을 터뜨렸다.

"세상 좁죠?"

***

저녁 8시가 넘었지만 코엑스 몰은 여전히 환했다. 팝업스토어
가 한 블록마다 이어지며 형형색색 불빛을 쏟아냈고, 유리벽은
그 빛을 받아 번쩍였다. 밤인데도 낮처럼 밝았다.

지하 쇼핑몰에서 올라오니 지상 도로에는 의외로 사람이 별
로 없어 한산했다. 둘은 저녁 식사에 아이스크림까지 야무지게
먹고 배가 불러서 삼성역 근처를 잠깐 걷기로 했다.

윤슬은 문득 작년 12월에 기현과 운화역으로 걸어가던 순간
이 떠올랐다.

"저요, 뭐 하나 물어봐도 돼요?"

"안 된다고 해도 물어볼 거 같은데."

기현의 반듯한 눈썹에 장난기가 차올랐다.

"대리님이 고등학생 시절에 썼다던 글이요. 무슨 이야기였어
요?"

"헉, 예상 목록에 없던 질문이네요."

기현은 헛웃음을 쳤다.

“내가 무슨 질문을 할 것 같았는데요?”

“뭐… 운화백화점 콘텐츠전략팀에 들어와서 후회하진 않았냐, 뭐 그런 거요.”

“아유, 제가 무슨 그런 쓸데없는 질문을 해요. 정답이 뻔한데.”

“호오, 내 마음을 그렇게 잘 알아요?”

“그럼요! 몬스터트리로 이직한 거 보면 답이 딱 나와 있는 거 아니냐고요.”

윤슬은 깔깔대며 기현 쪽으로 몸을 돌렸다.

“아무튼 얼른요, 대답 좀 해봐요. 고등학교 때 무슨 소설을 썼냐고요.”

“흠, 너무 옛날에 쓴 거라서….”

“기억 안 난다는 그런 상투적인 소리 하지 말고요.”

윤슬이 말을 싹둑 자르자 기현이 눈을 동그랗게 떴다.

“못 본 사이에… 사람이 변한 거예요, 아님 내가 회사를 떠나니까 드디어 본성이 드러난 거예요?”

“흠, 둘 다라고 해두죠. 그런 게 뭐 중요한가요? 얼른, 썼다는 이야기가 뭐였나 좀 얘기해봐요.”

기현의 걷는 속도가 약간 느려졌다. 골똘히 생각할 때 나오는 버릇이었다.

“…음, 망고에 관한 얘기였어요.”

“망고요? 먹는 과일, 망고?”

"아뇨, 망고라는 강아지요. 내가 태어났을 때부터 우리 집에 있었던 푸들이죠."

기현이 피식 웃으며 천천히 말을 이었다.

"제 인생의 첫 기억이 뭔 줄 알아요? 망고가… 내 뺨을 핥던 순간의 감촉과 소리예요."

기현은 걸어가면서 윤슬에게 망고에 관한 이야기를 해주었다. 새하얗고 복슬복슬한 털, 까만색 초콜릿 같은 눈. 이리저리 분주히 돌아다니며 코를 킁킁거리던 모습과 말랑하고 따스한 감촉에 관해서도. 망고를 품에 안은 채 잠들었던 수많은 밤도.

기현은 애정이 가득 담긴 눈빛으로 이야기를 이었다.

"먹성이 대단하고 그릇을 있는 대로 깼던 말썽꾸러기였는데, 애교가 많아서 도무지 미워할 수가 없었어요. 그런데 내가 고등학교 때… 망고가 무지개 다리를 건넜어요. 꽤 오래 아파서 나름 작별 인사 할 시간이 많았다고 생각했는데…."

기현은 잠깐 하던 말을 멈추고 시선을 멀리 뒀다.

짙은 남빛 하늘에는 거대한 뭉게구름 아래로 회색빛 구름이 끼어들고 있었다. 바람이 좀 더 세게 불었다. 밤인데도 하늘이 완전히 어둡지 않은 게 신기했다.

하늘을 바라보던 기현이 헛기침을 하더니 말을 이었다.

"정작 망고가 떠나고 나니까 충격이 컸던 것 같아요. 뭐랄까, 죽음을 어떻게 받아들일지 전혀 준비가 안 된 상태였달까요? 그래서 망고에 관한 이야기를 쓰기 시작했는데… 어떻게 끝을 맺어야 할지 도저히 모르겠더라고요. 이야기의 끝엔 죽음이라는 마침표가 기다리는 것 같고. 그러다 보니 왜 이걸 쓰고 있나 싶더라고요. 그래서 뭐… 손쉬운 방법을 택했죠. 그냥 덮어놓고 더 이상 생각하지 않는 것으로.”

윤슬은 조용히 고개를 끄덕였다.

“아….”

윤슬은 기현이 고등학생답게 무협지나 판타지 소설 같은 걸 썼을 거라고 짐작하고 있었는데, 예상치 못한 답변을 듣고 순간 입이 떨어지지 않았다. 이럴 땐 위로를 해야 하는 건지, 공감을 해야 하는 건지, 아무래도 둘 다 해야 하는 것 같은데 어떻게 하는 건지, 알 수가 없었다.

“얘기 하나 더 해줄까요?”

“…뭔데요?”

“망고가 무지개 다리를 건넌 게… 실은 크리스마스이브였어요.”

윤슬은 자신도 모르게 발걸음을 멈췄다.

“크리스마스이브요…?”

기현은 천천히 고개를 끄덕였다. 예전에 운화역으로 같이 걸어가던 날, 크리스마스라고 누구나 행복할 리도 없지 않냐던 기현의 말이 떠올랐다.

윤슬은 목구멍 어딘가가 콱 막힌 기분이 들었다. 기현은 입을 떼지 못하는 윤슬을 보며 피식 웃었다.

"이런 상황에서 대체 뭐라고 말해야 할지 모르겠죠? 뭐, 이젠 아주 오래 지난 과거의 일이 됐잖아요. 천천히 더 멀어지고 있다고 스스로에게 얘기해주고 있어요. 매일매일 하루치 먼 과거가 되어가고 있다고요…."

기현은 윤슬을 따라 멈췄던 걸음을 다시 걷기 시작했다. 윤슬은 쉽사리 발길이 떨어지지 않았다. 매일같이 망고를 떠올린다는 이야기로 들리기도 했기 때문이었다. 평범한 일상을 살아가는 듯 보이지만, 수많은 이들이 묵묵히 견디고 있는 상실의 무게가 이런 건가 싶었다.

"어쨌든 내가 하고 싶었던 얘기는 뭐였냐면요…."

기현이 머릿속에서 말을 정리하는 듯 잠깐 윤슬을 바라봤다. 가로등 불빛이 그의 옆얼굴을 부드럽게 감쌌다.

"…이야기를 마무리하려면 용기가 필요하다는 거예요."

한적해진 8차선 도로에 자동차와 버스가 속도를 내며 달리는 소리가 들어왔다. 멀리서 빵빵하는 클랙슨 소리도 들렸다. 하지만 가장 또렷한 소리는 기현과 윤슬 주변을 스치는 바람 소리였다. 마치 누군가 숨을 고르는 소리 같았기 때문이다.

그가 천천히 말을 이었다.

"살다 보면 그냥 덮어버리고 싶어지는 때가 오거든요. 고등학생 시절의 저처럼요. 문장은 엉망진창인 것 같고, 고작 이 정도밖에 생각해내지 못했나 싶어 자책하기도 하죠. 어떻게 마무리해야 좋을지 몰라 그저 망연해지고요. 그런데 아직 쓰지 않은 글은, 늘 괜찮아 보이거든요. 그래서 영원히 쓰지 않은 채로 두고 싶은 유혹에 빠지기 쉽죠. 그래서 계속 미루게 되고요…."

윤슬은 자신도 모르게 기현을 빤히 쳐다봤다. 그 말이 자신을 향한 조언인지, 과거의 기현 자신에게 건네는 위로인지 분간하기 어려웠다. 기현의 머리칼이 바람에 부드럽게 흔들렸다.

"나는 못했지만, 그래도… 구름 프로젝트는 완성작을 냈으면 좋겠어요. 이야기를 끝내면 좋겠다는 소리예요. 내면에 자리 잡은 깐깐한 비평가나 자존심 내세우는 아이는 잠깐 외면하고, 그냥 밀어붙여보라고요. 끝까지 쓰고 돌아봤을 때에야 비로소 보이는 것들이 있대요."

기현의 목소리는 깊고 아름다운 음악처럼 마음에 울렸다. 끝까지 써보라는 말이, 써봐야 비로소 보이는 것이 있다는 말이, 윤슬의 마음을 쿵쿵 두드렸다. 끝까지 써보라는 말은, 어쩌면 글이 아니라 삶에 관한 이야기일지도 몰랐다. 그럼에도 불구하고 살아내는 일과 내면의 시끄러운 목소리를 감당하면서 기어코 써내는 일. 이 둘은 서로 닮아 있는 게 아닐까. 둘 다 용기가 필요한 일이니까 말이다.

기현과 헤어지고 집으로 돌아가는 길, 윤슬은 지하철을 타고 가다가 중간에 내렸다. 머리가 복잡해져서 그냥 뚜벅뚜벅 걷고 싶어져서였다. 생각이 많아지면 목적지를 정해놓지 않고 이리저리 걸어다니는 건 윤슬의 오랜 습관이기도 했다.

서울은 여전히 바빴다. 사람들은 잰걸음으로 각자의 목적지를 향해 사라졌고, 오토바이는 요란한 엔진 소리를 내며 자동차 사이를 정신없이 오갔으며, 24시간 영업하는 편의점과 밤늦게까지 열린 카페에서 뿜어내는 조명으로 밤은 마치 낮처럼 환했다. 가로수 옆으로는 연한 초록빛 수국이 흐드러지게 피어 있었다.

윤슬은 산책 나온 푸들을 자신도 모르게 빤히 바라보며 걸음을 멈췄다. 그리고 기현이 끝내 완성하지 못한 이야기에 관해 생각했다. 기현이 태어났을 때부터 함께했던 망고. 크리스마스이브에 홀로 무지개 다리를 건넌 망고. 그가 끝까지 쓰지 못하고 덮어버린 이야기의 마지막 장면과 비슷한 장면이 왠지 자신에게도 있는 것 같았다. 한참을 서 있던 윤슬은 휴대폰을 들어 서울의 밤하늘을 사진으로 남겼다. 오늘 하루가 한 편의 이야기 같다고 생각하면서.

5장
백화점(百貨店) VS
백화점(百話店)

#1.

"아니, 그게 말이 되는 소리냐고."

"말은 안 되지만 소문이 있다는 건 사실이라니까요."

아침부터 회의실이 시끌시끌했다. 민우는 아이스 아메리카노를 오른손에 든 채로 답답하다는 듯 어깨를 들썩거렸다.

"제가 어제 커뮤니케이션팀 회식을 3차까지 따라가면서 구해 온 귀하디귀한 정보라고요."

민우가 회식에서 들은 소문에 의하면, 대표가 '구름 마법사 소피아' 팝업북을 꽤 마음에 들어 한다는 거였다. 비서실장이 본 바에 의하면, 대표가 팝업북을 수차례 꺼내 보면서 싱글싱글 웃었다고 했다. 보고 때문에 대표이사실로 들어가던 강지태 팀장도 비슷한 광경을 보았다고.

“아니, 그러면….”

승우 과장이 퉁명스레 입술을 툭 내놓자 보조개가 팬 부분이 선명해졌다.

“대표님은 도대체 우릴 왜 그렇게 깬 거야?”

“뭐, 처음부터 칭찬만 하면 자만할까 봐… 그런 거 아닐까요?”

민우는 대답하면서도 스스로도 납득이 되지 않는지 목소리가 점점 작아졌다.

“허, 참나… 퍽이나 오만방자해지겠다. 우리가 뭐 칭찬 한번 제대로 받은 적 있었어?”

민우도 승우 과장에게 더 이상 대꾸하지 못하고 빨대로 아이스 아메리카노를 휘휘 저었다. 애꿎은 얼음만 서로 부딪히며 달그락댔다.

“자자, 아무튼 우리가 지금 해야 할 건 ‘구름 마법사 소피아’를 크리스마스 버전 이야기로 만드는 거잖아요? 그러니까 먼저 위기 같은 사건, 사고 요소를 정리해보죠.”

윤슬은 글쓰기 수업에서 들었던 ‘이야기에는 왜 위기가 필요한가’에 관해 팀원들에게 간단하게 설명했다.

“그럼 우리가 지금까지 보고했던 건 인물과 배경이었네요?”

“그러게, 그럼 이번엔 사건을 만들어야 하는 거지?”

“위기는 구름 프로젝트나 콘텐츠전략팀이 매일같이 겪고 있는 거잖아요. 아, 이거 그냥 우리의 현실을 그대로 담아내면 끝나는 거 아닌가?”

유정의 말에 다들 웃음이 터졌다.

넷은 화이트보드 앞에 모여서 소피아에게 선사할 위기에 관한 아이디어를 나누기 시작했다. 우선 크리스마스 시즌이 와도 사람들이 예전처럼 마음을 전하지 않는다는 아이디어에서 시작했다. 메시지는 넘쳐나지만 진심은 점점 줄어드는 시대, 그 탓에 구름 마법사가 필요한 손님들이 예전만큼 많지 않은 상황을 떠올렸다. 그러다 보니 마음을 구하러 다른 우주에 가거나 시간을 오갈 수 있는 에너지도 줄어들어 마음을 연결하는 데 성공하는 횟수가 서서히 줄어드는 악순환에 빠지고 있다는 상황도 가정해 봤다.

화이트보드에는 키워드들이 빠르게 쌓여갔다. '마음 매칭률 하락', '구름 마법사 능력 약화', '옥상 정원 포털 에너지 줄어듦' 같은 표현이 빼곡히 적혀갔다. 그 단어들은 마치 콘텐츠전략팀의 현주소 같았다.

화이트보드를 물끄러미 바라보던 유정이 고개를 돌렸다.

"근데 사건으로 보기엔 좀 어렵지 않을까요? 이건 상황이지 사건은 아니잖아요. 전체적인 위기 상황이긴 한데, 좀 더 극적인 사건이 필요할 것 같아요."

민우가 팔짱을 끼면서 말했다.

"흠, 가령 구름 마법사 조직 자체를 없애려는 세력이 등장한다거나?"

"오, 세력 간의 갈등과 대립 구도인가요? 그거 좋은데요?"

유정은 화이트보드에 '구름 마법사 vs 갈등 세력'이라고 썼다.

화이트보드를 보던 윤슬은 무언가 생각났다는 듯 '아' 하는 소리와 함께 글쓰기 수업이 끝나고 집에서 혼자 만들어봤던 이야기를 꺼내 놓았다.

"저는 소피아의 개인적 결함이나 실수도 생각해봤어요. 배달해야 할 마음을 비슷하지만 다른 마음으로 착각한다든지, 마법 주문을 엉뚱한 걸 써버린다든지, 다른 우주로 갔다가 돌아오는 길에 포털 닫는 걸 깜빡한다든지 하는 식으로요."

윤슬은 자리에서 일어나서 화이트보드 '개인적 결함이나 실수'라고 쓴 뒤, 자신이 언급한 내용을 하나씩 적어 내려갔다. 그리고 잠시 멈칫하더니, '갈등 세력'이라는 단어에 동그라미를 그리며 말을 이었다.

"그리고 소피아의 실수가 갈등 세력이랑 연결되는 방식도 생각해봤어요. 예를 들면… 소피아가 진태현 고객에게 가야 할 마음을 진대현이라는 사람에게 잘못 배달한 걸 발견한 거예요. 다시 마음을 찾으려고 진대현이라는 사람을 찾는데, 고객 정보 시스템을 아무리 뒤져봐도 그 사람이 나오지 않았죠. 곤란해하던 소피아는 배달해야 할 마음을 누군가 의도적으로 잘못 배달 가도록 만든 흔적을 발견하게 되는 거죠."

"어, 그러면 처음엔 소피아의 배달 실수처럼 보였지만, 알고 보니 마음을 훔치려는 도둑이 계획적으로 옥상 정원에 들어와서 배달 정보를 흩트려 놓았다는 거네? 마음을 훔치는 도둑이라는 설정, 이거 재밌는데?"

민우가 탐정처럼 펜을 휙휙 돌리며 이야기를 정리하자 윤슬은 고개를 끄덕였다. 이어 유정이 보드마카를 들고 한 발짝 앞으로 나섰다.

"그럼 좀 더 스케일을 키워보면 어때요? 크리스마스 시즌에 특별 배송으로 보관 중이던 마음'들'이 한꺼번에 사라지는 거죠."

승우 과장도 한 마디 얹었다.

"흠, 좋네. 거기다가 동시에 문제가 동시다발적으로 터지는 설정을 넣어보아도 좋겠는데? 마음을 모두 도둑맞은 상황에서 운화백화점 옥상 정원의 포털까지 제대로 열리지 않는 거지. 어때? 인생은 원래 그렇잖아. 하나가 꼬이면 줄줄이 꼬이는 법이니까."

화이트보드에는 어느새 단어들이 빼곡하게 채워졌다. '구름 마법사 조직과 외부 세력의 대립', '마음의 이름 잘못 기억', '마법 주문 오류', '마음 도둑', '크리스마스 마음 통째로 분실', '운화 백화점 옥상 정원 포털 열리지 않음'.

활발하게 아이디어를 나누는 팀원들을 보는데, 윤슬은 갑자기 왠지 모를 복잡한 기분이 들었다. 뭐라고 딱 잘라 표현할 수는 없는 찝찝한 기분이 감돌았다. 어딘가 마음이 불편하달까. 뭐가 문제라고 정확히 짚어낼 수는 없었지만, 중요한 퍼즐 조각 하나가 빠져 있다는 느낌이 들었다. 무언가 아직 이름 붙이지 못한 조각 하나가 이야기의 중심에서 빠져 있는 느낌. 저 조각을 맞추면 원하는 정답이 나올까.

윤슬은 화이트보드를 가만히 바라보았다. 저 조각이 무엇인지, 아직은 말로 꺼낼 수 없었지만 그 자리에 들어갈 무언가가 이 이야기의 방향을 완전히 바꿀 수 있을 것만 같았다.

***

어느덧 시계는 오후 1시 30분을 넘어서고 있었다. 아이디어 회의를 하다 점심시간을 놓쳐버렸다. 마침 승우 과장이 선물 받은 기프티콘이 있다며 점심을 쏘겠다고 해 네 사람은 우르르 피잣집으로 몰려갔다.

갓 나온 슈퍼슈프림 피자를 한입 베어 물자 입안 가득 치즈와 짭짤한 페퍼로니, 따뜻한 도우가 느껴지며 행복이 몰려왔다.

"근데 우리 대표님 있잖아요."

민우가 제로 콜라를 한 모금 꿀꺽 삼키더니 말을 이었다.

"원래 그렇게 깐깐한 편이에요? 보고 받을 때 말이에요."

"뭐, 쉽진 않지. 원래 게임에서도 최종 보스가 이기기 제일 힘든 거 아닌가?"

승우 과장은 옅은 웃음을 지으며 두 번째 피자 조각을 들었다.

"만약 최종안이 통과되지 못하는 경우."

대표의 말을 민우가 성대모사하자 맞은편 의자에 앉아 있던 유정이 굳은 얼굴로 말을 이었다.

"국물도 없을 테니 알아서 하시지요."

유정이 대표의 표정까지 따라 할 줄은 몰랐다. 넷은 점심시간이 지나 한산한 가게에서 박수를 쳐가며 깔깔댔다.

"아, 맞다!"

대표에게 보고하던 날을 떠올리던 윤슬은 문득 콜라를 마시려던 손을 멈췄다. 별안간 머릿속에서 경고 알람이 빨간 불빛을 내며 돌아가기 시작했다.

"그때 대표님이 그러시지 않았어?"

"응? 뭐… 뭐가?"

윤슬의 얼굴이 눈에 띄게 창백해진 것을 유정이 눈치챘다. 윤슬은 머릿속으로 생각을 다시 한번 정리했다. 뭐라 설명하기 어려운 찜찜한 기분이 울린 내면의 경고음은 정확했다.

"왜? 무슨 얘길 하고 싶은 건데?"

민우도 피자를 내려놓으며 윤슬을 쳐다봤다.

"저, 생각났어요. 우리가 지금… 뭘 놓치고 있는지."

"그러니까 그게 뭔데?"

잠깐의 정적을 참지 못한 승우 과장의 말이 끝나기 전에 윤슬이 대답했다.

"운화백화점의 40년이요."

***

회의실로 돌아온 넷은 화이트보드 앞에 나란히 섰다.

지워지지 않은 단어들이 여전히 그 자리를 차지하고 있었다. 왼편에는 '크리스마스 시즌', '이야기가 흐르는 공간', '구름 마법사 소피아'가 쓰였고, 오른편에는 '운화백화점 40주년', '창립자 인생', '핵심 스토리(백화점 마일스톤?)'.

"그러니까 우리 이야기엔 크리스마스랑 구름 마법사 이야기는 있는데, 정작 운화백화점 40주년을 기념하는 이야기가 없다는 거죠."

"씁, 그러고 보니까 윤슬 씨 말이 맞긴 하네."

"그러게요, 너무 당연한 걸 왜 잊고 있었죠?"

대표는 분명 백화점 '창립 40주년'에 걸맞은 크리스마스 이야기를 가지고 오라고 지시했다. 그런데 다들 크리스마스라는 시즌에만 주목한 나머지, 정작 백화점 40주년이라는 핵심 요소를 빼놓고 있었던 것이다. 화이트보드에 적힌 물음표가 유난히 크게 보였다. 마치 "다시 처음으로 돌아가라"고 말하는 것 같았다.

윤슬은 문득 깨달았다. 문제는 아이디어의 부족이 아니라, 이야기의 핵심을 놓친 데 있다는 사실을. 이번 프로젝트는 수많은 조건을 모두 만족시키는 단 하나의 경우의 수를 찾아내는 일이었다. 크리스마스의 분위기와 의미를 담고 있으면서, 구름 마법사 소피아의 세계관이 구현되어야 하고 동시에 운화백화점의 창립 40주년을 기념할 수 있는 이야기여야 했다.

시작점에서는 이야기가 어느 방향으로든 뻗어 나갈 수 있는 것처럼 보였지만, 갈림길에서 하나씩 선택을 할 때마다 경우의 수는 금세 줄어들었다. 하나의 길을 선택하고 나면, 어느 순간엔 막다른 벽을 마주해 다시 원점으로 돌아와야 하기도 했다. 마치 거대한 미로 속에서 유일한 출구를 찾는 느낌이었다. '정말 모든 조건을 만족하는 이야기가 존재하긴 할까?' 싶은 생각에 머리가 지끈거렸다.

한참 아이디어를 주고받는 사이, 시간은 모래 사이로 스며들듯 소리 없이 사라졌고, 초조한 마음만 차곡차곡 쌓여갔다. 이야기가 계속해서 막다른 골목에 부딪혔다.

그때, 민우가 한숨 섞인 웃음을 뱉었다.

"이러다간 진짜 계속 같은 자리만 맴돌겠네요."

그는 중대한 결심이라도 한 듯 고개를 들었다.

"그래서 말인데… 회의실에서만 고민하지 말고, 제가 늘 생각 정리할 때 가는 데가 있는데 거기로 가시죠. 이번엔 저의 비밀 아지트를 공개할 수밖에…."

민우의 말에, 글자와 기호로 가득 찬 화이트보드를 향하던 팀원들의 시선이 쏠렸다.

"으응? 무슨 비밀 아지트? 진짜 국정원 가게?"

"오빠의 아지트는 구름이라고 하지 않았어?"

"그래서 언제 가는 건데? 걸어서 갈 수 있어?"

회의실만 아니면 된다며, 다들 앞다투어 말을 쏟아내는 팀원들을 보면서 민우는 씩 웃었다.

#2.

　민우의 비밀 아지트는 옥상 텃밭이었다. 백화점 옥상 정원에는 직원을 위한 텃밭이 마련되어 있었는데, 생각보다 규모가 상당했다. 올해 초에 사내 텃밭을 분양한다는 공지 메일이 와서 옥상에 직원을 위한 텃밭이 만들어졌다는 사실은 알고 있었지만, 실제로 와본 건 처음이었다. 옥상 정원에서 기계실로 향하는 구석진 공간을 활용해 고객 눈에 뜨이지 않도록 텃밭 구역을 만들었기에, 몇 번이나 옥상에 올라왔어도 제대로 본 기억이 없었다.

　직접 와보니 회색 빌딩 숲 사이에서 초록빛 작물이 자라나는 광경은 낯설 만큼 생생했다. 나무 냄새와는 다른 풀 내음이 바람을 타고 흩어졌다. 상추, 깻잎, 고추 같은 작물이 초록빛을 내면서 회색빛 빌딩 도시를 내려다보고 있었다.

"짜잔, 이게 내가 키우는 방울이들!"

민우가 자랑스럽게 가리킨 곳에는 진초록 잎사귀 사이로 노란 꽃이 피어 있고, 드문드문 연두빛 동그란 열매가 대롱대롱 매달려 있었다.

"이게 진짜… 방울토마토라고?"

"그럼. 내가 점심시간마다 물도 주고, 좋다고 소문난 고급 비료도 사다 뿌렸다니까."

"우와, 근데 토마토 나무에도 꽃이 피는 거야?"

윤슬과 유정은 식물을 처음 본 사람처럼 눈을 끔뻑거렸다.

"아우, 이런 서울 사람들 같으니라고! 토마토가 무슨 나무야, 식물이지. 기본적으로 애네들은 풀이라고."

"오, 그런 거야? 갑자기 오빠 되게 박식해 보인다…."

유정의 반응에 어이없어 하며 민우는 설명을 이었다.

"심은 지 세 달째인데, 지금 여기 조그만 초록빛 열매 달린 거 보이지? 1~2주 후면 새빨개질 거라니까. 찐 유기농이라고!"

"이 정도면 농장이라고 불러도 되겠는데? 우리 백화점 옥상 정원에 이런 데가 있었어?"

한승우 과장도 초등학교 운동장의 절반 크기의 텃밭 구역을 보면서 감탄했다.

"여기가 또 고급 정보가 오가는 교류의 장 아니겠습니까. 다양한 팀 사람들이랑 작물 키우는 법 얘기하다가, 자기네 팀이랑 주변 소식 같은 거 자연스레 나누게 되고 그런다니까요."

민우의 정보 소스가 여기도 있었구나 싶었다. 옥상 텃밭에서 사람들을 만나서 사람 좋은 얼굴로 정보를 하나둘 건져내는 민우가 자연스레 상상되어서 윤슬이 피식 웃었다. 민우의 비밀 아지트가 정말로 정보의 '밭'이었다니.

"그거뿐이겠어요. 하루하루 틀림없이 자라는 식물을 보고 있으면, 왠지 위로 같은 게 되더라고요. 우리 프로젝트는 어떻게 될지 몰라도, 애는 7월이면 반드시 새빨간 열매를 맺으니까요. 보고에서 한창 깨지고 나서 옥상에 올라오면, 하루치 자라난 게 보이거든요. 그 모습이 참 존경스럽기도 해요."

민우는 뿌듯함과 씁쓸함이 뒤섞인 웃음을 지었다.

"그러게, 애네는 실패란 게 없는 거네? 되게 부럽다… 그래서, 이게 씨앗인 건가?"

유정이 화단 옆에 가지런히 놓인 봉투를 집어 들었다. 가루약 봉지처럼 반투명한 종이 안에 든 씨앗은 연한 베이지색에 가까운데, 햇빛을 받으니 살짝 노르스름하게 반짝였다. 씨앗은 다 모아봐야 손톱 하나 크기가 될까 싶은 정도였다.

민우가 고개를 끄덕였다.

"씨앗 되게 조그맣지? 심고 나서 한 일주일 동안은 물을 열심히 주는데도 싹도 나지 않더라고. 처음에는 내가 뭔가 잘못했나, 망한 건가 했다니까. 그러다가 새싹이 한번 올라오고 나니까 그때부터는 무섭게 자라던데? 식물들의 보약이라는 비료도 주고, 물도 듬뿍 줬더니 키가 쑥쑥 크는 거 있지."

“아, 우리 보고에다 갖다 뿌릴 보약 같은 비료도 있음 좋겠다….”

유정이 농담처럼 중얼거렸다. 하지만 그 말은 절반쯤 진심이었다. 구름 프로젝트의 이야기 씨앗도 여기 심으면 밤새 알아서 커다란 나무로 자라 있으면 좋겠다고 생각하며 씨앗 봉투를 한 번 더 만지작거렸다.

“솔직히 있잖아요, 저는 이제 새로운 아이디어가 나와도 재밌고 신나기보다는 대표님을 만족시킬 수 있을 만큼 충분히 괜찮은 건지만 신경이 쓰여요.”

유정이 한숨을 쉬자 승우 과장도 고개를 끄덕였다.

“나도 마찬가지. 크리스마스 시즌에 소피아가 겪는 여러 가지 위기와 사건도 죄다 뻔하게만 보이고….”

“방울토마토처럼 정해진 경로가 있어서 쭉쭉 자라날 수 있다면 좋을 텐데.”

민우가 텃밭에 물을 쪼르르 따라 주면서 중얼거렸다.

“씨앗은 처음부터 뭘 해야 하는지 알고 있는 것 같아 부러워요. 누가 시키지 않아도 자라나고, 언젠가 열매를 맺고요. 아주 똑부러지잖아요?”

민우의 말에 다들 고개를 끄덕이며 텃밭을 바라봤다.

회의 시간에 나온 수많은 아이디어는 말끝에서 사라지고 말았지만, 씨앗들은 묵묵히 초록 싹을 틔우고 자신의 몫만큼 자라나 있었다. 그렇게 그저 존재하는 식물들이 채운 초여름의 오후는 눈부셨다. 윤슬은 씨앗 봉투를 하나 들어 얼굴에 그늘을 만들며 중얼거렸다. 씨앗이라….

그 순간, 생각이 하나 번쩍 떠올랐다. 윤슬은 들고 있던 씨앗 봉투를 자신도 모르게 꽉 쥐었다. 작년 12월, 신입사원 슈퍼루키 발표회에서 자신이 했던 말이 머릿속에서 메아리치듯 울려퍼졌기 때문이다.

'백화점 직원이라면 누구나 캐릭터에 대한 아이디어의 씨앗을 품고 나름의 방식으로 키워나갈 수 있다고 봅니다….'

아이디어의 씨앗이란 게 정확히 뭐냐고 핀잔주던 최민기 본부장의 얼굴과 윤슬이 생각하는 백화점 캐릭터에 관해 묻던 고이연 본부장의 표정도.

"소피아가 도둑맞은 마음들 있잖아요."

윤슬이 불쑥 말을 꺼내자, 텃밭을 바라보고 있던 팀원들의 시선이 하나둘 그녀에게로 모였다.

"도저히 찾을 수 없던 크리스마스 특별 배송 건 말이에요."

"응, 그게 왜?"

"지금까진 구름 마법사 소피아가 어떻게 마음을 '찾을 수' 있을지에만 집중했잖아요. 그래서 투명 망토를 쓰고 크리스마스 거리를 헤매거나, 옥상 정원의 포털을 통해서 다른 우주를 돌아다니기도 하는 식으로 이야기를 만들어 갔고요."

승우 과장이 맞장구쳤다.

"그랬지. 어떻게 위기를 뚫고 마음을 다시 찾아내고, 구름 마법사 조직을 견제하는 세력을 물리치느냐, 그게 우리가 계속 고민하던 거니까…."

승우 과장이 말이 끝나기도 전에 윤슬의 상기된 목소리가 끼어들었다.

"그러지 말고, 방향을 바꿔보면 어떨까요? 소피아가 직접 의뢰인을 찾아간다는 설정으로요."

"주문한 고객을 직접 찾아간다고?"

그러니까, 라고 말하며 윤슬은 숨을 길게 들이쉬었다.

"도둑맞은 마음이 '운화백화점에 쌓인 40번의 크리스마스'를 담은 마음이었다고 하면 되지 않을까요? 소피아는 과거와 현재, 그리고 미래를 마음대로 왔다 갔다 할 수 있으니까, 운화백화점에서 추억을 만들었던 사람들을 찾아가서 마음을 인터뷰하는 거예요. 그들의 이야기를 듣고, 마음을 기록하는 거죠. 그리고 그렇게 모인 마음들을… 책으로 엮는 거예요. 그러면 소피아는 단순히 마음을 되찾는 마법사가 아니라, 마음을 기록하는 존재가 되는 거죠. 운화백화점이 40년 동안 쌓아온 마음을 한 권의 책으로 남기는 거예요."

승우 과장이 어, 하는 소리를 냈다.

"그러면 소피아가 작가가 된다는 소리야?"

"바로 그거예요."

고양이 눈매를 닮은 윤슬의 눈동자가 빛났다.

"애초에 구름이라는 게 사람 마음처럼 형태가 없고 계속 변화잖아요. 그래서 구름 마법사를 설정한 거고요. 소피아가 고객이 운화백화점에서 느꼈던 크리스마스의 마음을 기록으로 남긴다면, 그 자체로 의미가 생기지 않을까요?”

“와… 그거 좋다. 다시 말해 우리 백화점에 고객이 오는 이유는 누군가에게 자신의 마음을 전하기 위해서라고 볼 수 있는 거겠고. 그러면 구름 마법사 소피아 이야기랑도 자연스럽게 연결될 수 있겠네? 마음를 담은 공간으로서의 우리 백화점을 드러낼 수 있게 되니까.”

승우 과장의 말에 민우가 웃는 얼굴로 끼어들었다.

“그럼 이렇게 말할 수도 있겠네요. 백화점이 원래는 ‘백 가지 물건을 파는 상점’이라는 뜻이잖아요. 근데 백화점의 ‘물건 화(貨)’를 ‘이야기 화(話)’로 바꿔 보는 거죠. 그럼 백화점을 ‘백 가지 이야기가 흐르는 곳’으로 제안할 수도 있지 않을까요? 그게 바로 운화백화점이 되는 거고요.”

백화점(百貨店)이 아니라, 백화점(百話店). 40주년의 의미도 자연스레 겹쳐졌다. 지난 40년 동안 물건을 팔아왔다면, 앞으로의 40년은 사람들의 마음과 이야기를 담아내겠다는 선언처럼 느껴졌다. 꽤 참신한 아이디어였다.

찾아 헤매던 ‘단 하나의 경우의 수’에 마침내 도달한 듯, 모두의 얼굴에 잠시 흥분이 스쳤다. 그때 유정이 머뭇거리며 말을 꺼냈다.

“좋은 아이디어인 건 맞는데… 그 정도로 충분할까요?”

“…응?”

"아니, 그러니까요… 세상에 좋은 아이디어가 얼마나 많아요. 그냥 '괜찮은' 아이디어 말고, '엄청 좋은' 아이디어여야 대표님 보고에서 통과될 수 있을 것 같아서요. 뭐랄까, 상상도 못 했던 기발한 전개에, 반전도 기가 막히고, 눈물 날 만큼 감동적이기도 한… 한마디로 더 세고 더 분명한 이야기여야만 할 것 같아요. VMD팀도 그래서 깨진거라면서요."

"아니, 뭐…."

유정의 말이 틀린 건 아니었다. 오히려 너무 정확해서 반박할 수 없었다.

6월 초여름, 옥상에 내리쬐는 햇살은 기세등등했다.

초록빛 식물은 말간 얼굴로 살랑였지만, 구름 프로젝트 팀원들 마음속에 도사린 불안은 카메라 필터를 씌운 듯 주변을 온통 덮어버렸다. 조금 전까지만 해도 돛을 올린 배가 순풍을 만나 다시 항해가 시작되는 것 같았는데, 순식간에 바람이 뚝 멎어버렸다. 기준이 밖에 있으면 바람 부는 대로 흔들린다며, 타인의 평가에 휘둘리지 말라는 기현의 조언도 떠올랐지만, 지금은 위로가 되지 않았다. 회사라는 현실 앞에서는 이상적인 조언도, 멋있어 보이는 생각도 금세 힘을 잃기 마련이었다.

윤슬은 하늘을 올려다보았다. 구름 한 점 없이 텅 빈 하늘이 오히려 낯설게 느껴졌다. 너무 투명해서 어디에도 숨을 곳이 없는 것처럼.

#3.

"안내 말씀드립니다. 미술관 관람은 저녁 7시까지 가능합니다. 관람에 참고하시기 바랍니다."

윤슬은 안내 방송을 귓등으로 흘려들으며 전시실 안으로 들어섰다. 미술관에선 아흔이 넘은 나이에도 왕성하게 활동 중인 화가 미셸 들라크루아의 전시가 열리고 있었다. 소문대로 파리의 아름다웠던 시절이 담긴 작품으로 가득했다.

빨간색과 파란색, 노란색이 선명한 대비를 이루는 파리의 작은 카페와 레스토랑, 서점과 빵집이 모여 있는 광장에 눈이 내리고 비가 오고 봄 햇살이 내리쬐는 소소한 풍경이 대부분이었으나, 이곳에 행복이 내려앉아 있다는 것만큼은 또렷하게 느낄 수 있었다. 행복이라는 단어를 이미지로 표현하면 미셸 들라크루아의 그림과 비슷하지 않을까? 보드랍고 말랑말랑한 순간들을 마주하자 곧 있을 보고 일정도, 초조한 마음도, 뻐근한 어깨 근육 긴장도, 잠깐이나마 느슨해지는 기분이었다.

터벅터벅 걸어 그림 앞에 섰을 뿐인데 그림 속 온기가 살갗으로 스며들었다. 누군가 다가와 다정하게 안아주는 듯 따뜻했다. 몸도, 마음도, 그리고 영혼까지도.

그림을 하나둘 살피다 보니 작가의 의도가 서서히 느껴졌다. 들라크루아는 작고 소소한 것을 밝고 선명하게 그리고, 크고 거대한 것은 흐릿하고 희미하게 그렸다. 팔짱을 낀 채로 시시콜콜한 이야기를 나누는 경찰들이나 쟁반을 들고 앞치마를 두른 콧수염 난 웨이터, 문간에서 담배를 피우는 회색 정장의 남자, 수레에서 꽃을 팔고 있는 여인, 아장아장 걸어가는 세 살배기 아들을 가만히 바라보는 남자, 땡땡이 무늬 원피스를 입은 여자와 베레모를 쓴 남자 등… 평범한 사람들이 일상을 살아가는 모습은 한껏 또렷하고 세밀하게 담아냈다. 하지만 뒤로 보이는 에펠탑이나 사크레쾨르 대성당은 아스라이 멀고 흐릿한 모습이었다. 거대한 상징이나 위엄에 인생을 기대지 말고 하루하루를 소소하게 그러나 구체적으로, 그리고 다정하게 살아가라는 작가의 메시지가 담긴 게 아닐까, 하고 윤슬은 생각했다.

다음 전시실에 들어선 윤슬은 나직하게 탄성을 내뱉었다. 크리스마스에 관련된 그림만 모여 있는 전시실이었기 때문이었다. 작가는 유난히 크리스마스 풍경을 많이 그렸는데, 1930년대 전쟁으로 인해 힘든 시기에도 소소한 크리스마스의 추억을 쌓는 사람들의 모습이 유독 인상적이었다.

손등까지 짜릿한 기분을 느끼며 작품을 살피던 윤슬은, 〈몽마르트르에서의 성탄절〉 앞에서 멈춰 섰다. 그림 속 하늘은 연한 핑크빛으로 물들었고, 싸락눈이 흩날렸다. 가로등과 창가에서 뿜어져 나오는 노란 불빛, 그리고 크리스마스 트리에서 쏟아지는 밝은 빛이 새하얀 눈과 만나 한낮처럼 환한 모습이었다. 보통 겨울이라고 하면 춥고 냉정하고 허무한 계절로 표현하곤 하는데, 이 화가의 겨울은 새하얀 눈 위로 따뜻한 빛이 스며든 듯 다정한 숨결이 감돌았다. 윤슬은 그 따뜻함 앞에 오래 서 있었다.

밤의 순간을 그린 다른 작품도 마찬가지였다. 자정을 막 넘긴 한밤중에도, 작가의 파리는 어두침침하고 시커멓지 않았다. 부드러운 가로등 조명과 흰 눈에 반사되어 은은한 빛을 내뿜고 있는 밤 풍경을 보고 있노라니 마음에 평화가 깃드는 것 같았다. 서늘한 비가 내리는 가을에도, 파릇파릇한 나뭇잎이 빼곡한 여름에도, 파리의 밤은 결코 냉정하지 않았다. 밤 풍경을 구경하는 사람들이 창가에 하나둘씩 얼굴을 내밀고 있고, 거리에는 줄넘기를 하는 아이와 산책 나온 강아지가 보드라운 얼굴을 하고 있었다. 나란히 앉은 연인은 사랑을 속삭이고, 인형극을 보는 아이들은 처음 보는 우주에 발을 디딘 표정을 하고 있었다. 첫눈이 흩날리기 시작하는 순간에도, 굵은 눈송이가 펑펑 쏟아지는 날에도, 파리는 다정한 친구처럼 그곳에 있었다.

행복한 기억을 매일같이 꺼낼 수 있다면, 인생의 한겨울이나 한밤중에도 따스한 온기를 느낄 수 있을 거라는 작가의 메시지가 느껴졌다. 윤슬은 들라크루아의 마음이 뭔지 알 것 같았다.

그가 그림을 그리는 내내 즐거웠을 거라는 확신이 들었다. 화가가 자신의 마음을 그림에 담아, 누군가에게 가닿길 바라며 세상으로 내보냈을 거라는 점도.

윤슬은 민성훈 작가가 북토크에서 했던 말이 문득 떠올랐다. '문장에는 쓰는 사람의 깊은 곳에 자리한 감정과 내밀한 생각이, 마치 고기에 밴 양념처럼 은은하게 들어가 있거든요. 쓰는 사람의 마음이 즐거워야 읽는 사람도 행복해진다고, 저는 생각합니다.'

마음이라. 윤슬은 입으로 되뇌었다. 그러고 보니 구름을 처음 백화점의 상징으로 제안한 이유도 사람의 변화무쌍한 마음을 구름이 드러낼 수 있다고 생각했기 때문이었다. 구름 마법사 소피아가 마음을 연결하고 배송한다는 콘셉트 역시 같은 맥락에서 나왔고.

그런데 지금 프로젝트 팀에선 이야기를 그럴듯한 아이디어로 포장하느라, 아니면 여러 가지 조건을 모두 꿰는 데 집중하느라, 정작 가장 중요한 '마음'을 놓치고 있다는 생각이 들었다. 결국 소피아가 하는 일은, 마음을 전하는 게 아니었던가? 사랑받고 사랑한 기억을 누군가에게 다시 전해주는 일이었는데.

윤슬은 싸락눈이 내리는 성탄절 풍경 그림을 오래도록 바라봤다. 그림 속 싸락눈이, 자신이 썼던 그 문장처럼 느껴졌다. 쓸 때의 감각이 천천히 되살아났다.

보고까지 단 일주일이 남았다. 시작점이었던 '마음'으로 돌아가서 길을 찾아야 했다.

***

집으로 돌아가는 지하철 안에서 윤슬은 유튜브 앱을 열었다. 첫 화면은 즐겨 보는 예능 토크쇼 채널이 떴다. 새 영상이 올라온 모양이었다. 영상을 재생하자 코미디언과 배우가 나란히 앉아 좋아하는 책에 관한 이야기를 하고 있었다. 평소에는 유쾌한 채널이었는데, 오늘 영상 속 분위기는 유난히 잔잔했다.

"저는 이 시를 영화 〈편지〉를 통해 알게 됐어요. 영화에서 남자 주인공이 여자 주인공에게 남긴 마지막 편지에 이 시가 등장하는데요, 너무 좋아서 막 찾아봤어요. 황동규 시인의 〈즐거운 편지〉라는 시예요."

진행자인 코미디언이 이 시를 너무 좋아해서 카카오톡 프로필 사진으로도 올린 적이 있다고 하자, 손님으로 온 배우가 시를 낭송해달라고 졸랐다. 그는 잠시 머뭇거리다가 쑥스러운 얼굴로 한 구절 한 구절 읽어 내려가기 시작했다.

즐거운 편지

1

내 그대를 생각함은 항상 그대가 앉아 있는 배경에서 해가 지고 바람이 부는 일처럼 사소한 일일 것이나 언젠가 그대가 한없이 괴로움 속을 헤매일 때에 오랫동안 전해오던 사소함으로 그대를 불러보리라.

2

진실로 진실로 내가 그대를 사랑하는 까닭은 내 나의 사랑을 한없이 잇닿은 그 기다림으로 바꾸어버린 데 있었다. 밤이 들면서 골짜기엔 눈이 퍼붓기 시작했다. 내 사랑도 어디쯤에선 반드시 그칠 것을 믿는다. 다만 그때 내 기다림의 자세를 생각하는 것뿐이다. 그동안에 눈이 그치고 꽃이 피어나고 낙엽이 떨어지고 또 눈이 퍼붓고 할 것을 믿는다.

낭송을 듣던 윤슬의 가슴 깊숙한 곳이 미세하게 진동하기 시작했다. 마치 조그만 돌멩이가 또르르 굴러가 기억의 호수 한 가운데에 떨어지며 파장을 일으킨 듯했다. 댐으로 꽁꽁 막고 있던 기억의 수문이 갑자기 열린 것처럼 온갖 기억이 한꺼번에 밀려들었다. 과거와 현재 그리고 미래를 한꺼번에 마주한 기분이었다.

할아버지와 홍릉수목원까지 걸어가던 산책길에서 할아버지가 흥얼거리듯 중얼거리던 노래처럼 들렸던 말들, 무슨 말인지 알 듯 모를 듯했던 수수께끼 같았던 말들. 바로 황동규의 〈즐거운 편지〉였다.

윤슬은 홍릉수목원의 자판기 앞 벤치에 앉아 열심히 시구를 필사하던 할아버지의 거칠고 커다란 손이 떠올랐다. 부산 해운대 바닷가에 앉아 말없이 밀려오는 파도와 구름을 언제까지나 바라보던 뒷모습도. 할아버지의 눈빛이 누군가를 간절히 그리워하는 이의 것이었다는 사실까지도.

꼬마 시절의 윤슬이 전부 해석하지 못한 의미를, 오늘의 윤슬은 이해할 수 있었다. 그건 누군가를 지극히 사랑하는 마음이었다. 진행자의 말소리에 섞여 할아버지의 중얼거림이 되살아났고, 윤슬은 그제야 알 수 있었다. 할아버지가 사랑했던 것은 시 자체가 아니라, 할머니였다는 걸. 시 한 편을 통해 할머니를 사랑하고 그리워하는 마음을 온전히 드러내고 싶어 했다는 것을. 〈즐거운 편지〉는 할아버지와 할머니의 추억으로 재구성된 이야기가 되었다는 사실도.

'즐거운 편지와 사랑하는 마음이라…'

단어 두 개가 조용히 포개지는 순간, 지하철에서 다음 역 정차를 알리는 시그널송이 울렸고, 윤슬의 머릿속에 반짝하고 아이디어가 하나 떠올랐다.

윤슬은 곧바로 휴대폰을 꺼내 검색창에 '운화백화점 이벤트',

‘운화백화점 추억’, ‘운화백화점 아름다운 시절’이라는 키워드를 검색했다. 그러자 운화백화점에서 열었던 공식 이벤트 관련 뉴스와 더불어, 몇몇 고객이 백화점에 얽힌 일상 이야기를 써둔 블로그 포스팅이 보였다. 추억의 그때 그 시절이라면서, 지금은 운화백화점에 없는 디저트 가게에서 데이트했던 사진도 떴고, 크리스마스 트리 앞에서 아이들과 눈싸움하고 눈오리를 만들었던 사진도 보였다.

빙그레 웃으며 검색 결과를 쭉 내려보던 윤슬은, 뉴스 기사 하나에 멈칫했다.

“…이게 뭐지?”

기사 헤드라인에는 이렇게 적혀 있었다.

[‘운화백화점 開館記念 타임캡슐 着工式擧行; “마음을 담는 空間되겠다”抱負밝혀’]

발행일은 1986년 12월 17일 자. 기사에 한자가 많이 들어가 있어서 한눈에 읽히진 않았지만, ‘타임캡슐’이라는 단어가 마음 어딘가를 톡, 하고 건드렸다.

윤슬은 기사 텍스트를 복사해서 ChatGPT 창에 넣고 한자를 한글로 바꾸어달라고 하자 금세 작업이 완료되었다는 알림이 떴다.

[운화백화점 개관 기념 타임캡슐 착공식 거행 - "마음을 담는
공간 되겠다" 포부 밝혀]

윤슬은 숨을 고르고, 천천히 기사를 읽어나갔다. 심장이 마구
뛰기 시작했다.

#4.

“타임캡슐?”

“응, 우리 백화점 개관식 때 옥상에 타임캡슐을 묻었다는 기사가 있다니까!”

다음 날 아침, 윤슬은 회사에 도착하자마자 회의실 문을 열며 타임캡슐 이야기를 꺼냈다. 손에는 어젯밤 찾은 오래된 신문 기사가 인쇄되어 있었다. 운화백화점을 설립하던 당시 옥상에 타임캡슐을 묻었다는 기사를 보여주자 다른 프로젝트 팀원들 역시 처음 들어본다며 신기해했다.

“와, 우리 백화점에 그런 게 다 있었어? 근데 왜 위키디피아 같은 데는 정보가 없었나 모르겠네.”

민우가 머리를 긁적이자, 윤슬이 출력해둔 기사 이미지를 펼쳤다.

"타임캡슐 이야기를 보도한 기사는 두 건밖에 안 되더라고. 그나마도 문화면에 2단짜리 기사로 짤막하게. 여기 봐봐. 다른 기사에선 백화점 개관 소식만 다뤘잖아. 이후에 타임캡슐 개봉 이벤트도 예정되어 있지 않다 보니 중요한 정보가 아니라고 판단한 것 같아."

승우 과장이 습관처럼 팔짱을 끼면서 말했다.

"흐음, 재밌는 얘기긴 한데… 이걸 크리스마스 시즌의 구름 마법사 소피아 이야기와 연결할 수 있는 고리로 만들 수 있으려나?"

윤슬은 미리 표시해둔 문단을 손가락으로 짚었다.

"여기 보니까 타임캡슐에 운화백화점에 바라는 점에 관한 메시지와 함께 미래의 자신이나 자식에게 편지가 담겨 있다고 하잖아요. 40년 전에 보낸 메시지와 편지라니. 무슨 내용이 있는지는 봐야 알겠지만, '과거가 현재에 도착했다'라는 서사를 펼치기에 딱 좋지 않아요?"

윤슬의 말에 유정도 맞장구쳤다.

"게다가 구름 마법사 소피아는 과거와 현재, 미래를 돌아다닐 수 있는 존재니까 '타임캡슐'에 담긴 마음에 대한 답장을 전해줄 수도 있지 않을까요?"

민우가 출력한 기사를 신중히 살펴보면서 중얼거렸다.

"그러게, 40년 전의 타임캡슐이라. 안에 뭐가 들어 있을지 궁금하긴 하다. 근데 그게 우리 백화점 옥상에 있다고? 이번에 옥상 공사할 때 아무런 이야기도 못 들었는데.”

윤슬은 민우의 눈을 마주하며 고개를 끄덕였다. 뱃속에서 나비가 수십 마리 날아다니는 기분이었다. 뭔가 곧 시작될 것만 같은, 오랜만에 느껴보는 기분 좋은 긴장감이었다.

“응, 옥상 어딘지는 이제부터 알아봐야지.”

****

타임캡슐이 옥상 어디에 묻혔는지는 그날 오후 6시가 되기 전에 알아낼 수 있었다. 민우가 사방팔방 전화를 돌리고, 퇴직한 경비원 아저씨와 임원의 연락처까지 구해낸 덕분이었다. 그 결과, 옥상 기계실 앞쪽 정원에 타임캡슐이 묻혀 있다는 사실을 알아내었다. 이전엔 매립된 장소 표시가 되어 있었는데, 20년 전에 옥상 정원 보수 공사를 하면서 위치 표식을 그만 깜빡한 모양이었다.

“아아, 나의 방울이들!”

다들 민우의 정보력과 추진력에 감탄하는데, 정작 그의 얼굴에는 그늘이 내려앉아 있었다. 타임캡슐이 묻혀 있는 자리가, 하필이면 지금의 사내 텃밭 구역이었기 때문이었다. 타임캡슐이 묻혔을 것으로 추정되는 곳을 찾기 위해선 텃밭 작물의 이주가 불가피했다.

이주 과정에서 작물 손상은 물론, 민원 가능성도 있는 터라 프로젝트팀은 당장 고이연 본부장에게 보고한 뒤 허가를 받았다. 백화점 영업시간이 끝난 뒤부터 작업을 시작하기로. 다만, 내일도 또 허락을 다시 받을 수 있을지 확실치 않았기에 어떻게든 오늘 찾아내야 했다. 마음이 급했다.

군데군데 새빨간 열매를 맺은 방울토마토와 파릇파릇하게 고개를 내민 허브의 뿌리가 다치지 않게 조심스레 파내서 옥상 정원 반대편으로 옮기는 작업부터 시작했다.

"여기가 제일 유력한 지점이에요. 기계실 바로 앞에 있는 텃밭 쪽이요."

설비팀 직원과 함께 매립지로 추정되는 지점부터 파나가기 시작했지만, 아무것도 없었다. 말 그대로 삽질이었다. 소음 발생과 진동에 따른 민원이 있을 수 있어서 전동 드릴 같은 것은 쓸 수 없고, 손바닥만 한 크기의 꽃삽으로 일일이 퍼내는 수밖에 없었다. 게다가 다시 원래 모습대로 되돌려야 할지도 몰라 팍팍 퍼내지도 못했다.

어느새 새벽 1시가 가까워지고 있었다.

"아… 아무래도 오늘은 이쯤 해야 하지 않을까요?"

민우가 삽을 겨드랑이에 끼운 채 목장갑을 벗으며, 승우 과장에게 말을 걸었다.

"내일 또 정원을 판다고 하면 허락 못 받을지도 모르잖아. 일단 할 수 있는 데까지 구석구석….”

승우 과장이 말을 하다 멈췄다. 곁을 지나가던 설비팀 직원들 눈치가 보여서였다. 이들은 갑작스러운 야근이 밤샘 작업으로까지 이어지리라는 걸 직감했는지, 표정이 퉁명스럽다 못해 험상궂어지고 있었다.

“기회는 오늘뿐일지도 몰라. 안 되면 우리끼리라도 남아서 밤새워야지.”

“어휴, 저야 상관없지만 설비팀 직원들이 우리만 옥상에 있게 허락 안 해줄 거 같으니까 문제죠.”

“일단 이쪽은 다 판 거지?”

“네, 여기가 제일 유력하다는데, 뭐가 아무것도 없잖아요….”

민우는 답답한 마음에 땅을 향해 삽을 쾅쾅하고 두들겼다. 그때, 희미하게 툭툭거리는 뭉툭한 소리가 났다.

“…어?”

“어, 이거 무슨 소리 났다, 그쵸?”

승우 과장과 민우의 목소리가 커지자, 목장갑을 끼고 반대편에서 삽질을 하던 유정과 윤슬이 소리치듯 말했다.

“왜요? 뭐가 있어요?”

대답이 들리지 않아 유정과 윤슬이 그쪽으로 가니, 승우와 민우가 파인 구덩이를 바라보며 멍하니 앉아 있었다.

“뭔데요? 뭐가 있냐고요. 왜 대답이 없어요.”

유정이 짜증 섞인 목소리를 냈다.

"음, 그게… 좀 이상한데."

민우가 먼저 입을 열었다.

"찾은 것 같기도 하고…."

말끝을 흐리는 민우를 향해 윤슬이 고개를 쑥 내밀었다.

"왜요, 왜!"

"아유, 대체 뭔데 그래, 답답하게."

윤슬과 유정은 투덜대다가 승우와 민우가 멍하니 바라보는 것을 발견하고 숨을 삼켰다.

승우와 민우가 파고든 구멍 아래에는 어른 두 명이 너끈히 서 있을 만한 커다란 바닥 타일이 깔려 있었다. 그리고 타일에는 화살 표시가 동쪽을 향해 선명하게 새겨져 있었다.

"저기는… 기계실 아래쪽 아니야?"

화살이 가리키는 기계실 아래에서 목재 상자가 모습을 드러낸 건 새벽 4시가 막 넘은 시간이었다. 짙은 고동빛 궤짝에선 습기와 기름이 뒤섞인 시큼한 냄새가 났다.

궤짝은 기계실 아래에 있는 비밀의 공간에 얌전히 들어가 있었다. 기계실에 있는 환풍구 아래쪽이라 위에서는 진입할 수 없고 정원의 아래쪽에서만 접근이 가능한 구조였다. 시멘트로 된 이곳엔 별도의 잠금장치는 되어 있지 않았다. 설비팀 직원들도 이런 공간은 설계도에도 없다며 신기해했다.

"진짜 있었네, 이게."

"이게 40년 된 거라고? 허어… 그렇게 오래된 것처럼 보이진 않는데?"

"아마도 기계실 아래에 얌전히 묻혀 있어서 그런 거 아닐까?"

어느새 하늘이 희뿌옇게 밝아오기 시작했지만 모두의 얼굴 엔 생기가 돌았다. 궤짝을 둘러싸고 다들 한자리에 둥그렇게 모였다.

상자 뚜껑을 뜯어내자, 40년간 잠들어 있던 타임캡슐이 모습을 드러냈다. 은색 원통형 캡슐은 두꺼운 스테인리스강과 알루미늄 합금으로 되어 있었다. 표면이 무광에 은색이라 로켓 엔진을 닮아 있기도 했고 거대한 알약처럼 보이기도 했다. 중간 아래쪽에는 '운화백화점 타임캡슐 | 1986.12.17'이라고 새겨져 있었다. 별다른 잠금장치는 보이지 않았다. 나사로 뚜껑과 본체를 연결해 닫은 것 같았다.

"얼른 열어봐요, 얼른."

승우 과장은 팀원 한 명 한 명과 눈을 한번씩 맞춘 뒤, 씩 웃으며 나사를 하나둘 풀기 시작했다. 머지않아 딸깍, 하는 소리와 함께 부드럽게 문이 열렸다.

타임캡슐을 열자 기사에 실린 대로 엽서 다발과 편지, 흑백 사진이 담긴 봉투가 차례로 모습을 드러냈다. 당시 시민들의 사연들이 40년 만에 세상을 다시 만난 셈이었다.

윤슬은 이게 진짜 있다는 것도 놀라웠고 40년이라는 시간이 흘렀는데도 녹슬지 않은 상태로 고스란히 보존된 것도 신기했다. 마치 누군가 엊그제 묻어둔 것처럼 보였다.

"이거 전부 엽서야?"

민우는 휴대폰 손전등으로 종이 더미를 가까이 비췄다. 윤슬이 고개를 끄덕이며 엽서를 집어 들었다.

"와, 1980년대엔 별밤에 사연 보낸다고 다들 엽서 썼다더니. 진짜였나 봐!"

다들 감탄하며 사연을 하나하나 살펴봤다. 엽서 한 장 한 장에 정성스럽게 눌러 쓴 마음들이, 오래 기다렸던 비를 맞이한 꽃처럼 피어나는 것 같았다.

중동에 일하러 가서 2년 넘도록 못 본 아빠가 이번 성탄절에는 휴가를 받아 돌아오면 운화백화점에서 식사하고 싶다는 아이의 소원이 담긴 편지가 제일 먼저 보였다. 운화백화점 사장님께 보내는 편지였는데, 옆에 백화점 건물 그림도 그려놓았다. 입대를 앞두고 연인에게 미안한 마음을 담은 엽서와 출산을 앞둔 예비 엄마가 뱃속의 아이에게 보내는 편지, 이별한 연인에게 못다 한 말을 남긴 편지도 보였다. 개관 준비팀 직원이 한 글자씩 눌러 쓴 '고객의 마음을 담는 공간이 되길'이라는 엽서도 있었다. 누렇게 변색된 엽서 종이와 군데군데 눈에 띄는 한자가 세월을 실감케 했다. 누군가에 대한 사랑과 그리움, 고마움이 40년 만에 수면 위로 올라왔다.

진한 파란색을 잔뜩 풀어놓은 것 같은 새벽은 서서히 다채로운 빛깔을 지닌 아침으로 향하고 있었다. 해가 등장하리라고 예고라도 하듯 금빛을 머금은 구름이 높이 떠 있었다.

"어, 이건 뭐지…?"

민우가 작은 흰 봉투 하나를 집어 들었다. 다른 봉투보다 약간 두툼했다. 손바닥 두 개만 한 크기의 봉투를 열자, 논밭이었던 운화백화점 부지 전경과 착공식 사진과 더불어 당시 강남구 운화동 일대의 마을 풍경이 흑백 사진으로 담겨 있었다. 마치 다른 세상처럼 평화롭고 고즈넉했다. 고층 빌딩이 빼곡한 지금의 운화동을 생각하면 예전의 모습이 이랬다는 게 믿을 수 없을 정도였다.

다들 홀린 듯 엽서와 흑백 사진을 바라보았다. 한꺼번에 되살아난 40년의 시간을 만끽하듯 누군가는 오래된 종이 냄새를 맡았고, 누군가는 엽서를 손끝으로 쓰다듬었다.

그때, 민우가 하얀 봉투를 만지작거리며 중얼거렸다.

"뭔가 이상한데…?"

사진이 들어 있던 하얀 봉투는, 사진을 모두 뺐는데도 여전히 묵직했다. 민우는 고개를 갸웃하며 봉투를 손에 들어 이리저리 흔들어보았다. 그러자 사각거리는 소리와 함께, 안쪽에서 딱딱한 무언가가 봉투 안쪽에서 톡 하고 부딪혔다.

"여기, 뭐가 더 있는 거 같은데…?"

민우는 봉투 가장자리를 손톱으로 눌러보다가 이상한 점을 발견했다. 봉투가 단순히 한 겹이 아니라, 겉면과 안쪽 사이에 숨은 한 겹이 더 붙어 이중으로 싸인 구조였다. 그는 하얀 봉투를 집어 들고는 윗부분을 조금 찢어서 안을 들여다보았다. 접혀 있는 종이 한 장이 틈새에 무언가 꼭 끼워져 있는 것이 보였다.

민우는 과감하게 봉투 윗부분을 단번에 찢었다.

#5.

"아, 오늘이 최종 보고였던가요?"

대표는아무것도 모른다는 듯한 표정으로 태연하게 물으며 회의실 안으로 천천히 걸어 들어왔다. 오늘 이 자리가 구름 프로젝트의 운명이 달린 중요한 보고인 걸 뻔히 알면서도 혼자 속 편한 소리를 하는 것 같아 얄미웠다. 대표가 겉보기엔 순진해 보여도, 예리한 시선으로 모든 상황을 간파하고 있다는 건 모두가 알고 있었다.

"네, 그렇습니다."

고이연 본부장은 특유의 무심한 톤으로 대답했다.

고이연 본부장 앞으로는 최민기 본부장이 별 관심 없다는 표정을 지은 채 앉아 있었고, 옆으로는 6월부터 마케팅 본부로 출근했다는 VMD팀 송 상무가 앉아 있었다. 댄디한 회색 체크무늬 정장을 입은 상무는 주말이면 테니스를 3시간씩 치고, 가족들과 캠핑을 즐길 것처럼 여유가 넘쳐 보이는 인상이었다. 그는 펜을 손가락으로 휘적휘적 돌리더니, 지루한 표정으로 노트에 뭔가를 끄적였다.

윤슬은 그 옆얼굴을 흘끗 봤다. 저런 사람도 이런 자리가 긴장되긴 할까? 잠시 엉뚱한 생각에 사로잡혔다가 고이연 본부장의 차분한 목소리에 이내 정신을 붙잡았다.

"구름 프로젝트를 바탕으로 한 크리스마스 스토리 구성안 보고를 시작하겠습니다."

고이연 본부장이 포인터 버튼을 누르자, 화면에는 〈구름 마법사 소피아의 '미션, 크리스마스'〉 타이틀이 떴다.

"잠깐만요."

대표가 시작부터 본부장의 말을 끊었다.

"오늘 제안하는 기획안이 딱 하나뿐인가요? A안, B안, C안. 이런 거 없나요?"

"네, 이번 보고에서는 하나만 준비했습니다."

고이연 본부장이 별다른 이유를 설명하지 않은 채 간결하게 답하자 대표가 너털웃음을 지었다.

"호오, 원샷 원킬? 자신 있다, 이건가요? 좋아요. 계속하시죠."

고이연 본부장은 가볍게 고개를 숙인 뒤, 허리를 꼿꼿하게 세우고 말을 이어갔다.

“운화백화점은 ‘고객의 마음이 머무는 곳’을 지향합니다. 따라서 이번 프로젝트에서는 ‘구름’을 고객의 마음을 드러내는 핵심 상징으로 설정했고, 백화점 옥상 정원을 이야기의 주요 배경으로 삼았습니다.”

슬라이드가 넘어가자 그림이 화면을 가득 채웠다. 보름달이 뜬 밤, 백화점 옥상 정원 위로 열린 포털 사이로 등장한 소피아의 모습이었다.

“구름 마법사 소피아의 주요 임무는 마음을 연결하는 겁니다. 의뢰받은 마음을 배달하기도 하고, 소원해진 마음을 이어주기도 하며, 잊고 살았던 마음을 떠올리게 하기도 하죠. 이번 이야기를 요약하면 크리스마스 시즌에 일어난, 구름 마법사 소피아의 모험기입니다.”

회의실 안은 조용했다. 누군가의 침 삼키는 소리까지도 정적에 묻혔다.

“우선 줄거리를 소개하겠습니다. 구름 마법사 소피아는 크리스마스에 맞춰 특별 배송해야 하는 마음 꾸러미를 잃어버립니다. 크리스마스가 코앞으로 다가온 터라, 소피아는 마음을 찾기 위해 시공간을 넘나들고 다른 우주까지 돌아다니지만 결국 찾지 못하죠. 풀이 죽은 채 백화점 옥상 정원의 포털 게이트를 통해 돌아온 소피아는 자신을 기다리던 한 꼬마와 마주합니다. 알고 보니, 잃어버린 마음 꾸러미에는 꼬마의 할아버지가 자신에게 보내기로 한 마음이 들어 있었던 것이었죠. 소피아는 망설이다 사실대로 꼬마에게 털어놓습니다. 꼬마는 한바탕 눈물을 쏟더니 소피아에게 이렇게 말합니다. '그럼 할아버지의 마음을 새로 만들어줘요.'라고요."

어느덧 이야기는 마지막으로 향하고 있었다.

화면에는 소피아가 옥상 정원에서 그림책을 쓰고 그리는 장면이 떴다. 볼이 빨간 남자아이는 소피아 옆에 앉아 턱을 괸 채, 할아버지의 추억을 하나씩 들려주고 있었다.

"…그래서 소피아는 아이의 이야기를 들으며 할아버지의 마음을 한 권의 책으로 엮기 시작합니다. 청혼하는 편지를 쓰던 밤, 첫 아이가 태어나던 새벽, 걸음마를 막 시작하는 아이와 공원에서 솜사탕을 먹던 봄날, 자전거를 가르쳐주다가 넘어지던 아이를 달래던 여름, 저녁 먹고 아내와 동네를 산책하며 바라보던 둥근 달, 어느새 다 큰 손녀와 수목원을 산책하다 맞이한 첫 눈 내리는 아침, 그리고 이제는 할머니 없이 혼자 산책하며 바라본 저녁놀까지."

슬라이드 속 그림에는 바닷가에 앉아 노을빛 아래 시를 쓰는 한 노인의 뒷모습이 담겨 있었다.

"정신없이 이야기를 쓰고 그림에 색을 입히고 나니 어느덧 해가 떠오르고 있었어요. 크리스마스 아침이었죠. 소피아는 완성된 책을 꼬마에게 건넸어요. 그 순간, 꼬마의 까만 눈동자가 차돌처럼 반짝하고 빛나더니 꼬마는 할아버지로 바뀝니다. 원래 마음 배송을 예약했던 바로 그 할아버지로 말이죠. 꼬마의 할아버지는

226

소피아가 속한 지부의 대표 마법사이기도 했죠. 대표 마법사 할아버지는 너털웃음을 지으며 말합니다. '구름 마법사 소피아, 축하하네. 이제 자네는 정식 마법사가 되었어.' 크리스마스 아침 햇살이 내려앉자, 옥상 정원에는 사라진 줄로만 알았던 크리스마스에 특별 배송해야 하는 마음들이 반짝이며 놓여 있었답니다."

마지막 장면에선 눈 내리는 운화백화점의 옥상 정원의 풍경을 배경으로 'Merry Christmas'라는 문구가 떠올랐고, 이어서 장난기 어린 얼굴의 마법사 할아버지와 눈이 동그래진 구름 마법사 소피아가 나란히 선 모습이 이어 보였다.

고이연 본부장의 설명이 끝났지만, 회의실에는 애매한 공기가 감돌았다. 딱히 감탄도, 박수도 없었다. 대표는 팔짱을 낀 채로 화면을 응시하고 있었다.

"흠, 지난번보다 나쁘진 않군요. 뭐랄까… 콘셉트는 괜찮은 것 같습니다."

대표가 팔짱을 푼 채 입을 열었다.

"다만, 뭔가 시선을 확 잡아끄는 포인트가 없군요. 이것만으론 충분하지 않습니다. 우리 백화점만이 할 수 있는 이야기라고 보기도 어렵고 말이죠."

대표는 말을 고르는 듯했다. 최대한 정중하게 말하려는 어투에서, 윤슬은 대표가 이번 기획안을 채택하지 않을 거라는 직감이 들었다.

"네, 대표님 말씀에 동의합니다."

고이연 본부장은 특유의 감정을 알 수 없는 표정을 지으며 말을 이었다.

"그런데 말입니다….."

그때였다. 고이연 본부장이 씩 웃은 건.

웬만해선 볼 수 없는 귀한 표정이라 윤슬은 고 본부장의 얼굴을 부지런히 눈에 담았다.

"이게 보고의 최종 버전이라고 말씀드리지는 않았습니다."

"그게 무슨….."

대표의 눈썹이 살짝 끌려 올라갔다.

"지금까지는 전주였습니다. 이제부터가 본론입니다."

고이연 본부장이 포인터 버튼을 눌렀다. 화면이 부드럽게 어두워지고, 곧 낯익은 은색 원통이 나타났다. 대표이사와 최민기 본부장은 그리 놀란 기색은 아니었다. 구름 프로젝트에서 백화점 옥상에 묻혀 있던 타임캡슐을 찾았다는 소식은 이미 알 만한 사람 사이에 퍼져 있는 사내 이슈였기 때문이었다.

"아, 타임캡슐. 그 얘기 왜 안 하나 했습니다, 허허."

최민기 본부장이 피식거렸다. 그리 놀라울 것도 없는 이야기 아니냐는 비아냥이 또렷하게 느껴졌다. 고이연 본부장은 아랑곳하지 않고, 차분하게 슬라이드를 넘기며 타임캡슐에 담겨 있던 엽서 사연을 먼저 소개했다.

"40년 전에 사람들이 타임캡슐에 담은 사연은, 오늘날 우리가 하는 고민과 다르지 않았습니다. 사랑하는 이에게 마음을 고백하고, 입대를 앞둔 아들을 두고 걱정에 휩싸이고, 곧 태어날 아이의 인생이 아름답길 기도하고, 불확실한 미래에 막연한 두려움과 기대를 동시에 품고 살고 있었습니다. 시대가 변했다고 하지만 인생에서 우리가 본질적으로 품고 있는 불안과 막연함, 우울과 부담감, 그리고 누군가를 향한 사랑과 그리움을 담은 진심은 변하지 않는 것 같습니다."

대표는 조용히 화면 속 엽서를 바라봤다. 반듯반듯하고 정성스레 한 자 한 자 쓰인 글자에는 사람을 끄는 힘이 있었다. 단정한 필체 안에서 오래 묵은 마음의 온도가 전해졌다. 최민기 본부장과 새로 온 상무의 얼굴에도 흥미롭다는 기색이 스쳤다.

그때였다. 화면에 뜻밖의 이미지가 떴다. 달걀 여러 개가 보라색과 오렌지, 초록과 하얀색으로 칠해져 다양한 무늬를 입은 채로 바구니에 담긴 모습이었다.

40년 전의 엽서 사연을 보여주며 아날로그 감성을 자극하다가, 갑자기 알록달록한 달걀 사진을 등장시키다니. 경기가 흥미로워질 법한 순간에, 무리하게 선수 교체를 단행한 것처럼 맥이 탁하고 끊겼다.

"대표님, 혹시 '이스터에그'가 뭔지 아십니까?"

고이연 본부장이 묻자, 대표는 눈을 가늘게 뜨더니 말했다.

"이스터에그라면… 부활절 계란 말인가요?"

"네, 그렇습니다. 이스터에그는 부활절 계란을 의미하죠."

고이연 본부장은 천연덕스러운 표정으로 슬라이드를 한 장 넘기며 말을 이었다.

"그런데 게임에도 이스터에그가 있다는 거, 혹시 아십니까?"

정적이 감돌자 회의실에 새로운 분위기가 이는 것을 느끼며, 본부장은 말을 이었다.

"이스터에그는 게임 개발자가 게임 세계 안에 몰래 심어둔 비밀 메시지 같은 겁니다. 이 개념이 게임에서 처음 등장한 사례는 1979년 아타리(Atari) 회사의 게임으로 알려져 있는데요…."

"아, 고이연 본부장. 이스터에그의 역사까진 강의할 필요 없습니다. 그 이야기를 꺼내는 이유부터 얘기하시죠. 다들 일정도 있고 한데…."

최민기 본부장이 의자 등받이에 기대며 고이연 본부장의 말을 잘라먹었다. 대표의 표정은 눈에 띄게 굳어 있었다. 최 본부장은 예전부터 대표의 눈치를 누구보다 빠르게 읽는 인물로 유명했다.

고이연 본부장은 대표를 흘낏 보더니, 가볍게 고개를 끄덕이면서 말을 이었다.

"네, 그러시죠. 본론부터 말씀드리겠습니다. 운화백화점에도 이스터에그가 있다면 믿으시겠습니까?"

"그게 무슨 얘기인가요, 고 본부장?"

모두의 시선이 순식간에 고이연 본부장에게 쏠렸다.

고이연 본부장은 포인터를 내려놓고 테이블 위에 놓인 종이

한 장을 천천히 들어 올렸다.

"이 편지가, 운화백화점의 이스터에그입니다."

***

그날, 민우가 찾아낸 사진 봉투 안에 숨겨져 있던 종이는 운화백화점의 창립자가 남긴 비밀 편지였다. 창립자 이준혁이 운영하던 상회를 운화백화점으로 확장하며 가졌던 생각과 마음을 편지로 남긴 것이었다.

고이연 본부장이 창업주가 남긴 비밀 편지가 타임캡슐 안에 밀봉되어 있었다고 대답하자, 대표는 순간적으로 창업주의 장난기 어린 눈빛이 떠올라 웃음이 새어 나왔다. 동시에 마음 한구석에 찌르르 진동이 울리는 기분이 들었다.

창업주는 다름 아닌 그의 할아버지였다. 덩치가 크고 푸근하며 유머 감각이 있는 분이셨다. 대표는 할아버지가 을지로4가에서 세운상회를 운영하던 시절의 모습을 똑똑히 기억하고 있었다. 사람들은 세운상회에 물건을 사러 오는 게 아니라, 하루 동안 힘들었던 이야기나 속상한 마음을 털어놓으려고 오는 것 같았다. 외상 장부가 빼곡해 더 이상 적어 넣을 틈이 없을 지경의 손님이 와도 할아버지는 괜찮다는 말만 반복하는 사람이었다.

대표가 게임을 좋아하게 된 데에는 할아버지의 영향이 컸다. 할아버지는 가끔 해외에 출장 나갈 일이 생기면, 새로운 보드게임을 세트나 콘솔 게임기를 꼭 하나씩 사왔고, 당시 10대였던 대표와 함께 게임을 즐기곤 했다. 이스터에그가 뭔지 아냐며 신이 난 얼굴로 설명하던 할아버지도 떠올랐다. 할아버지라면 이런 깜짝 이벤트를 기획할 만하다는 생각이 들어서 자꾸만 웃음이 새어 나왔다.

그래선지 고이연 본부장이 이스터에그가 뭔지 아냐고 물을 때부터 대표는 직감적으로 뭔가 있다는 느낌이 왔다. 편지를 바라보며 그는 속으로 중얼거렸다. '아, 할아버지답다.'

할아버지라면 운화백화점에 이스터에그를 심어둘 생각을 하고도 남았을 거라고, 납득하며 고개를 천천히 끄덕였다. 어디선가 할아버지가 왜 이제야 찾았냐고 핀잔을 주며 껄껄 웃고 있을 것 같았다.

이내 화면에는 창업주의 편지가 떴다. 붓펜으로 쓴 큼직한 글씨가 막힘 없이 쓴 큼직큼직한 필체 덕인지, 40년간 조용히 잠들어 있던 메시지라기에 믿기지 않을 정도로 힘이 있었다. 게다가 두꺼운 편지지에 이중으로 싸여 있어 색이나 모양이 그다지 바래지 않았다. 대표의 시선이 편지로 빨려들었다.

미래의 운화백화점 관계자 여러분께,

안녕하십니까. 저는 운화백화점 창업주 이준혁입니다. 이 편지를 누가, 언제 발견할지 모르겠습니다. 아마도 제가 세상에 없을 때가 되지 않으려나 싶습니다. 영원히 발견되지 않은 채로 사라질지도 모르지요. 어쨌든 오늘의 저는 진솔하게, 마음을 편지에 담아보려고 합니다.

운화백화점은 잘 운영되고 있을까요? 저는 아마도 어렵지 않을까 합니다. 사람이 살아가는 한 어려운 일이 계속해서 일어나는 것처럼, 운화백화점에도 수많은 도전 과제가 주어지고 있겠지요. 여러분이 이 편지를 읽는 때가 어떤 세상일지, 저는 상상할 수도 없습니다. 자동차가 하늘을 날아다니고 있을까요?

저는 지금 운화백화점을 이끌고 있는 분들께 그리고 운화백화점을 찾아주는 고객분들께, 남기고 싶은 말이 있습니다. 운화백화점을 만들 때 제가 품었던 '초심'에 관해 말이죠.

운화백화점의 전신인 세운상회를 하던 시절, 저는 굉장히 힘들었지만 또 많이 행복했습니다. 재정적으로 곤란하지 않은 날이 없었고, 줄을 타듯 아슬아슬한 순간이 매일같이 펼쳐졌지만, 이곳을 찾는 사람들과 이야기를 나누고 함께 울고 웃을 수 있어 그저 좋았습니다. 사는 게 힘들다고 서로 투정을 부리고 나면, 그래도 하루 더 버틸 수 있었습니다. 불쑥 크리스마스 카드를 내미는 꼬마, 생일 축하한다며 케이크를 만들어온 아주머니, 어느새 군인 아저씨가 된 청년을 마주하며 가게를 지켰습니다.

미래의 운화백화점도 그랬으면 합니다. 운화백화점이 물건을 파는 장소에 그치지 않고 나아가, 사람과 함께 울고 웃는 공간이 되었으면 합니다. 고객의 삶에 담긴 꿈과 희망, 실패와 상실과 외로움까지 보듬는 온기가 있는 곳이었으면 합니다. 다들 살아가면서 마음 속에 즐거움만 있는 게 아니며, 결코 채워지지 않는 상실의 흔적을 안고 살아간다는 사실을 이곳은 알아준다고 느꼈으면 합니다. 그래서 각자의 마음이 연결되고 서로를 보듬는 공간이 되길 바랍니다.

수익을 올리는 일, 중요합니다. 우리가 자선 사업 하려고 운화백화점을 운영하는 것은 아니지요. 하지만 운화의 정신만큼은 변치 않고 이어지길 바랍니다.

고향을 잃고 전쟁통 속에 끝내 살아남은 저는, 운화를 통해 마음이 쉴 수 있는 곳을 만들고 싶었습니다. 누군가의 숨 쉴 만한 '틈'이 되고 싶은 마음, 이 마음만은 언제까지고 운화백화점에 남아 이어지길 바랍니다.

이곳 운화백화점이 가끔은 쉬어가고 싶고, 작은 사치도 누려보고 싶고, 우울해서 기분 전환을 하고 싶을 때 선뜻 발걸음을 옮길 수 있는 도심 속의 아지트가 되었으면 합니다. 운화백화점의 곳곳에 비밀 편지가 담겼으면 합니다. 각자의 이야기가 쌓여가길 바랍니다.

그들의 이야기가 운화백화점을 풍성하게 만들어줄 테니까요.

1986년 12월 17일 운화백화점 창립일에,

이준혁 올림

추신.

저는 추리소설을 참 좋아합니다. 인생이 너무 꼬인다고 생각할 때는 추리소설의 중반부를 지나는 중이라고 생각해봅니다. 추리소설을 보면 도저히 풀릴 것 같지 않던 어려운 사건도 결국은 해결되며, 전후 맥락이 모두 이해되는 순간이 오지 않습니까? 그것이 제가 추리소설을 좋아하는 이유입니다.

힘들어도, 묵묵히 살아내십시오. 때론 인생에 반전의 순간이 등장하기도 하지 않습니까? 만일 그렇지 않다 해도, 인생은 동굴처럼 꽉 막힌 암흑으로 끝나지 않습디다. 힘든 순간은 터널과 같습니다. 터널에는 반드시 끝이 있지요. 그 사실을 믿고 나아가십시오. 하하. 이 늙은이가 말이 참 많았네요. 이만 줄이겠습니다.

대표는 화면이 꺼진 뒤에도 한동안 팔짱을 풀지 못했다. 그는 할아버지의 편지가 자신에게 보내는 것일지도 모른다는 생각이 들었다. 적어도 손주인 자신이 편지를 발견해주길 바랐다는 점만은 확신할 수 있었다.

운화백화점이 막 문을 열던 시절, 대표는 아직 고등학생이었다. 할아버지는 버릇처럼 이스터에그 이야기를 반복했다. 이스터에그라는 게 있는데, 그게 부활절 계란만 의미하는 게 아니고 게임에선 게임을 만든 개발자의 메시지를 게임 속에 감춰둔 걸 말한다면서.

할아버지는 세운상회가 한가한 날이면《셜록 홈즈》와《괴도 루팡》을 비롯해 애거사 크리스티의 소설을 읽곤 하셨다. 할아버지의 집무실 문을 열면, 언제나 오래된 종이에서 나는 냄새가 제일 먼저 다가왔던 것도 기억났다.

고요한 회의실에는 프로젝터가 쏟아내는 모터 소리만 웅웅거렸다. 고이연 본부장은 화면을 바라보다 시선을 돌려 대표를 향해 회심의 미소를 지으며 말을 이었다.

"과거 창업주의 마음이 40년이 지난 오늘날에 도착하는 것, 이 것이야말로 '이야기의 힘'이 아닐까요? 이야기는 과거와 현재, 그리고 미래 세대까지 자유롭게 오갈 수 있으니까요. 이에, 창립 40주년을 맞이하는 올해 운화백화점 크리스마스 프로젝트에는 40년의 시간을 건너뛰어, 크리스마스의 마음을 배달하는 '구름 마법사 소피아' 이야기를 하려고 합니다. 자, 이제 최종 기획안입니다."

슬라이드가 바뀌었다. 화면엔 백화점 옥상 정원을 배경으로, 어쩔 줄 몰라 하는 소피아와 눈물을 뚝뚝 흘리는 꼬마의 모습이 보였다. 마음을 배달하지 못하고 잃어버린 소피아, 그리고 자신에게 오기로 한 할아버지의 마음이 사라졌다며 울음을 터뜨리는 아이. 그 장면까지는 모두가 이미 알고 있는 이야기였다.

"하지만 여기서부터 이야기가 달라집니다. 꼬마가 '마법의 씨앗'에 관한 이야기를 꺼내면서부터죠."

볼이 빵빵한 꼬마가 숨을 헐떡이며 말을 쏟아냈다. 소피아는 귀를 쫑긋 세운 채 한마디도 놓치지 않으려는 듯 집중했다. 꼬마의 말에 따르면 운화백화점에 마법의 씨앗이 숨겨져 있다는 전설이 있다고 했다. 그 씨앗을 찾아서 심으면 구름꽃이 피는데, 그때 소원을 빌면 이루어진다는.

소피아와 꼬마는 백화점 이곳저곳을 샅샅이 뒤지지만, 그 어디에도 마법의 씨앗 같은 건 없었다. 시간만 자꾸 흐르고, 꼬마의 눈에는 눈물이 다시금 그렁그렁 차오르기 시작한다.

"아, 옛날로 돌아가서 마법의 씨앗을 찾을 수 있다면 좋겠어요."

꼬마의 말에 상심에 젖어 있던 소피아는 눈을 반짝인다.

"그럼… 가볼까?"

소피아는 과거와 현재, 미래를 마음대로 오갈 수 있는 마법사였다. 그렇게 소피아와 꼬마는 운화백화점의 지난 40번의 크리스마스를 따라 시간 여행을 떠난다. 시간의 결이 바뀔 때마다, 백화점은 조금씩 다른 얼굴을 하고 있었다. 간판의 모양이 달라지고, 사람들의 옷차림이 변하고, 거리의 공기마저 달라졌다. 그속에서 소피아는 수많은 사람들이 이곳에서 웃고, 기다리고, 마음을 남기고 떠나온 흔적을 보았다. 슬라이드 속 화면은 시간의 흐름에 맞춰 바뀌었다. 이내 둘은 운화백화점이 처음 열렸던 1986년에 도착한다.

그날, 창업주는 기념식을 마친 뒤 해가 내려앉기 시작한 옥상 정원에 가만히 앉아 있었다. 한참을 옥상 정원에 앉아 있던 그는 별이 총총 내려앉은 다음에야 천천히 발걸음을 옮긴다.

“어, 나 봤어!”

“봤다니, 뭘?”

소피아는 분명히 그의 손에서 뭔가 반짝이는 것이 흘러나가 옥상 정원에 뿌려지는 모습을 보았다. 그건 하늘의 별빛 같기도 했고, 물에 반짝이는 윤슬처럼 보이기도 했다.

다시 현재로 돌아온 소피아는 꼬마와 밤새도록 옥상 정원 곳곳을 뒤졌지만 어디에서도 씨앗은 나오지 않았다. 이윽고 하늘이 희미하게 밝아오고 두 사람은 지친 몸을 이끌고 포기한 듯 바닥에 털썩 주저앉았다.

그만 포기하려는데, 옥상 정원의 나무 구멍에서 희미한 빛이 흘러나오는 것을 발견한 둘은 얼른 손을 쑥 넣었다. 그러자 뭔가 손에 잡혔다. 40년 전에 보았던 반짝이는 씨앗이었다. 틀림없었다.

소피아와 꼬마는 씨앗을 조심스레 흙에 심고 물을 주었다. 어느새 떠오른 해가 세상을 밝히고 씨앗이 묻힌 땅을 비추자, 씨앗은 금세 싹을 틔우더니 줄기를 뻗고 잎을 펼쳤다. 햇살이 쏟아지며 그 위를 비추는 순간, 꽃봉오리가 터지듯 환한 빛이 퍼져 나갔다.

그때였다.

꼬마의 모습이 서서히 변하더니, 어느새 한 노인의 모습이 되었다. 바로 창업주의 모습이었다.

"고마워요. 내가 남긴 이야기를 잊지 않고, 다시 찾아줘서."

그는 얼떨떨해하는 소피아에게 씩 웃으며, 정식으로 구름 마법사가 된 것을 축하한다고 말한다.

"이곳이… 사람들의 마음이 머무는 곳이 되길 바랐어요."

노인은 조용히 덧붙였다.

그 순간, 옥상 정원에 구름꽃이 하나둘 피어나기 시작했다. 순간 바람이 불더니 꽃잎이 흩어져 옥상 곳곳에 내려앉았다. 마치 이야기를 속삭이려는 것처럼, 옥상 정원 어딘가에 조용히 저마다의 자리를 잡았다. 그것은 누군가의 기억이었고, 누군가의 바람이었으며, 40년 동안 이곳을 스쳐 간 마음들이 남긴 흔적이었다.

슬라이드 마지막 장면에는 소피아가 옥상 정원에 앉아 새벽 하늘을 바라보는 모습이 담겼다. 오른쪽에는 조용히 문구가 떠 있었다.

'운화동에 구름꽃이 피었습니다. 〈당신을 위한 크리스마스 이야기, 운화백화점(雲花百話店)〉'

고이연 본부장의 발표가 끝을 향해 갈수록 대표의 얼굴에 미소가 번지기 시작했다. 그 모습을 바라보던 윤슬은 민성훈 작가가 북토크에서 했던 말을 떠올렸다.

"쓰는 사람의 마음에 기쁨이 있어야 읽는 사람도 행복해진다고 저는 생각합니다. 재미있는 이야기를 하고 있냐의 문제가 아니고요…. 그래서 이야기를 쓰는 과정에서 꼭 지켜야 하는 마음이 뭐냐고 물으신다면… 저는 '기쁨'이라고 답하고 싶네요."

윤슬은 가만히 숨을 고르며 생각했다.

창업주는 편지를 쓰면서 기뻤을 거라는 확신이 들었다. 자신이 사라진 세상에서, 언제 발견될지 모르는 마음 하나를 남겨두는 일, 언젠가 누군가가 내가 몰래 남긴 마음을 발견하는 것을 상상하는 일. 그 자체가 분명 기쁨이 아니었을까.

한 사람이 망망대해에 띄운 작은 유리병이, 그 속에 담긴 편지 한 통이, 오랜 시간을 돌아 마침내 이렇게 오늘이라는 뭍에 도착했다.

#6.

이태원의 밤은 언제나처럼 조금 들떠 있었다. 올 댓 재즈의 입구는 빨간색 벽과 조명으로 가득한 통로와 연결되었는데, 윤슬은 이 통로가 마치 이 세계와 다른 세계를 잇는 통로 같다고 생각했다. 윤슬은 문득 작년에 신입 기획안 보고를 위해 발표장으로 들어서던 순간이 떠올랐다. 돌이켜보면 그날을 기점으로 진짜 다른 우주로 들어섰던 건인지도 몰랐다. 구름 마법사와 이야기 씨앗이 있는 우주로 말이다.

자동문이 열리자, 경쾌한 색소폰 소리와 드럼 비트가 파도처럼 밀려들었다.

"짠, 짠, 짠, 짠!!!"

칵테일 네 잔이 청량한 소리를 내며 마주쳤다. 유리잔이 부딪히는 맑은 울림이 가볍게 퍼졌다. 울림에는 보고를 끝냈다는 안도감과 이제 이 프로젝트에서 손을 놓아야 한다는 묘한 서운함이 함께 뒤섞여 있었다.

노란색 칵테일 준벅에는 미니 장미꽃 한 송이가 꽂혀 있어서 꼭 영화 속 소품처럼 보였다. 잔 크기도 모양도 색깔도 데코도 모두 다른 이들의 칵테일은 마치 이들을 축하해주는 작은 정원 같았다.

"흐아아아! 대표님의 법카를 받게 되는 날이 다 오네요!"

감격한 민우가 법인카드를 볼에 비비며 장난스레 웃었다.

최종 보고가 끝난 뒤, 대표가 선뜻 검은색 법인카드를 내밀었다. 기대하지 않았던 크리스마스 선물을 받은 기분이라는 말을 덧붙이면서.

"그러게, 대표님 감격한 표정 봤어요?"

신난 윤슬은 블루하와이를 쭉 마셨다. 파인애플 주스의 달콤함에 이어 오렌지의 산뜻한 쌉쌀함과 럼의 부드러운 알코올 감이 입안에서 맴돌다 사라졌다.

"맞아, 눈가가 촉촉해지셔 가지구 눈물 또르르 흘리시는 줄 알았다니까!"

"감격한 얼굴인 거 맞죠? 저는 대표님 얼굴이 계속 석고상처럼 굳어가는 것 같아서 마음이 얼마나 조마조마했나 몰라요. 하하!"

"완전 감동한 얼굴, 진짜 맞아요! 아, 진짜 이런 날이 오고야

마는구나!"

"근데, 진짜 반전은 따로 있는 거 알아요?"

윤슬이 눈을 가늘게 뜨며 목소리를 깔자, 다들 뭐가 또 있냐며 눈이 둥그레졌다.

"최민기 본부장님이요….'

윤슬은 웃음이 삐져나오는 입술을 애써 꾹 다물었다.

***

회의실에서 프로젝터와 노트북을 정리하고 나와서 엘리베이터를 기다리는데, 등 뒤에서 윤슬을 부르는 목소리가 들렸다. 최민기 본부장이었다.

"크흠. 그… 밤 꼴딱 새면서 옥상 정원에서 땅 팠다면서요?"

본부장이 멋쩍게 웃는 얼굴에 자연스러운 주름이 잡혔다.

"아, 네. 다음 날 백화점 영업에 피해가 가면 안 되니까요."

윤슬도 마주 웃는 얼굴을 보였지만, 속으로는 또 무슨 소리를 하려는 건지 모르겠다 싶어 잔뜩 경계했다.

"…수고 많았네요."

평소 본부장이라면 가시 돋친 말을 직구처럼 툭툭 던질 텐데, 뭔가 달랐다. 윤슬은 본부장이 뭔가 말을 할 듯 말 듯 주저하는 것을 느꼈다.

"아, 아닙니다. 해야 할 일을 했을 뿐인데요."

엘리베이터가 곧 도착한다는 알림등이 깜빡였다. 그제야 본부
장이 입을 뗐다.

"그때… 슈퍼루키 발표장에서, 차윤슬 씨가 구름으로 캐릭터
만들자고 주장했을 때요."

"아, 네."

윤슬은 노트북을 든 손에 자신도 모르게 힘을 줬다.

"내가 '뜬구름 잡는 소리한다'라는 속담 들어봤냐면서, 두루
뭉술하고 애매모호한 아이디어라고 했었던 것으로 기억하는
데…."

경상도 사투리 억양이 들어간 목소리에 힘이 살짝 빠졌다.

"그, 그 말 취소하는 게 좋겠다 싶네요."

"…네?"

"오늘 들어보니까, 그 뜬구름이 얼마나 아름다운 얘기를 담고
있었는지, 그리고…"

최 본부장은 창밖으로 잠시 시선을 줬다가 윤슬을 다시 바라
보았다.

"그리고 그게… 어떻게 마음을 건드리는지 알게 돼서 말이죠."

엘리베이터 문이 열렸지만, 최민기 본부장은 타지 않은 채 말
을 이었다.

"나도 40년 전의 추억들이 생각나더라고요. 모조리 잊어버렸
다고 생각했던 순간들이 말이에요."

살집이 있는 최 본부장의 얼굴에 옅은 웃음이 부드럽게 지나

갔다.

"조만간 오랜만에 부모님 산소나 한번 다녀올까 싶네요."

최 본부장은 엘리베이터 버튼을 다시 눌렀고, 문이 바로 열렸다. 그는 엘리베이터를 타면서 한마디를 더했다.

"가끔은 인생에서 숫자보다 중요한 것이 있다는 간단한 사실을 한 수 배운 것 같군요, 윤슬 씨에게. 아, 법인카드 영수증은 잘 챙기고. 구름 프로젝트 팀원들 다 수고했다고 전해주세요."

***

"우와, 진짜 그렇게 얘기했다고? 인생에서 숫자보다 중요한 것이 있다는 간단한 사실을 배웠다고?"

칵테일 잔이 다시 부딪히는 사이, 재즈 트리오가 즉흥 연주를 하는 파트가 나왔다. 객석에선 자연스레 박수가 터져 나왔다. 민우는 특종 뉴스감을 발견한 기자처럼 얼굴이 상기됐다.

"어, 진짜! 내가 바로 앞에서 들으면서도 믿기지가 않더라니까!"

윤슬이 소리 내서 웃으며 손뼉을 쳤다. 이렇게 웃어본 게 얼마만인지.

잇달아 잔을 부딪히며 축하하는데 유정이 조심스레 말했다.

"근데 있잖아요… 우리 프로젝트는 이걸로 역할이 진짜 끝인 걸까요?"

승우 과장이 습관처럼 턱을 왼손으로 쓸었다.

"뭐, 어쨌든 이야기랑 세계관은 남았으니까. 이제부터는 우리 손을 떠나서 흘러가겠지. 어떻게 흘러갈지는 두고 봐야 알지 않을까?"

찬바람이 테이블을 스친 것처럼 순간적으로 정적이 내려앉았다. 다들 고개를 끄덕이면서도 한편으론 아쉬움을 숨기지 못했다.

구름 프로젝트의 최종 보고는 완벽한 성공이라고 볼 수는 없었다. 회의실에 온 사람들의 마음을 움직이는 데는 성공했지만, 솔직히 구름 프로젝트 팀만으로 크리스마스 이벤트를 진행하기에는 예산도 인력도 턱없이 부족했다. 이야기를 영상 광고로 만든다거나 오프라인 프로모션을 하는 데까지 나아가는 건 현실적으로 불가능에 가까웠다.

그러니까, 라고 말하며 대표는 회의를 이렇게 정리했다.

"이야기 만드는 일까지는 구름 프로젝트가 잘 해냈으니, 이를 담아내는 영상 광고는 브랜드마케팅팀에서 맡고, 오프라인 프로모션은 VMD팀에서 진행하는 것으로 하지요. 물론 구름 프로젝트는 계속 도움을 주고 조언하는 역할을 하고요."

솔직히 예상하지 못했던 말이었다. 하지만 생각해보니 현실을 인정할 수밖에 없었다. 네 명이 백화점 전체의 마케팅을 도맡는다는 건 애초에 불가능했다.

그럼에도 뭔가 마음 한편이 쓸쓸했다. 이야기가 완성 되자마자 손에서 멀어지는 기분. 여기까지가 구름 프로젝트 팀의 역할이라고, 누군가 그은 선 앞에 멈춰 선 기분이었다. 새로 왔다는 체크무늬 정장을 입은 상무가 인수인계를 위해 물어보는 기본적인 질문도 조금은 고깝게 느껴졌다.

그러면서도 동시에 구름 마법사 소피아가 어떤 식으로 구현될지 궁금해 호기심이 일었다. 이야기는 구름 프로젝트의 손을 떠나지만, 새롭게 구성되어 다른 모습을 갖출 것이었다.

"솔직히 기분이 좀 이상하네요. 소피아랑 같이 모험을 수도 없이 다니고, 이리저리 깨지고 하다 보니 얘랑 정이 든 것 같아요. 우리 손을 떠나 본격적으로 세상에 내보인다고 생각하니 뭔가…."

민우가 말을 끝맺지 못하자, 유정이 칵테일 잔을 오른손에 든 채 말을 이었다.

"뭔가 애틋하지 않아? 불안하기도 하고."

"어, 맞아. 진짜… 사람들은 소피아에 대해서 잘 모를 거고 관심도 별로 없을 거잖아요. 우리가 만든 캐릭터에 대해서 오해하거나 멋대로 해석할까 걱정도 되고… 기분이 마냥 좋지만은 않네요."

"나만 그런 줄 알았는데. 아우, VMD팀이나 브랜드마케팅팀이 뭘 알겠냐고!"

승우 과장이 쿡쿡 웃으며 민우와 칵테일 잔을 부딪혔다. 윤슬도 같은 마음이었다. 남은 칵테일을 쭉 들이키며 마음속으로 인사했다. 소피아, 안녕. 만나서 반가웠어. 어딜 가도 너답게 잘 살아야 해.

곧 라이브 재즈 공연이 시작됐다. 올 댓 재즈에서 20년 넘게 자리를 지킨 재즈 트리오가 노련하게 악기를 세팅하고 관객에게 인사를 건네며 무대를 시작했다. 무대와 테이블 사이의 간격이 좁아서 그야말로 연주자의 숨소리까지 고스란히 들리는 공연이었다. 드럼 스틱이 탕탕거리며 부르르 떨리는 모습과 트럼펫을 부는 손가락의 움직임과 미세한 진동까지 온전히 느껴졌다. 윤슬은 음악을 들으며 '감정이란 이렇게도 전해지는 것이구나' 하고 생각했다. 연주자는 음표와 리듬으로 짜인 음악이란 이야기를 들려주고, 그 이야기에는 연주자의 마음속 세계가 펼쳐져 있기 때문이었다.

공연을 보면서 윤슬은 시간을 뛰어넘어 살아남는 이야기에 관해, 타임캡슐에 마음을 담은 사람들에 관해, 자신이 타임캡슐에 담고 싶은 메시지에 관해 생각했다. 지금 이 순간을 타임캡슐에 넣는다면 미래의 누군가가 꺼내 보고 무엇을 느낄지에 관해서도 생각했다.

윤슬은 마음속으로 다시금 소피아에게 고마웠다고, 잘 지내라고, 또 만나자고, 인사를 건넸다. 두둠칫 하는 재즈의 리듬 속에 소피아도 어딘가에서 작은 몸을 들썩이며 신나게 안녕을 고하고 있을 것만 같았다.

***

집으로 돌아가는 택시 안, 윤슬은 차창 너머를 바라봤다. 한강진을 지나 남산2호터널을 빠져나오자, 중구의 고층 빌딩에는 여전히 형광등을 밝히고 있는 사무실이 군데군데 보였다. 한적해진 밤의 도로에는 택시와 배달 오토바이의 불빛이 깜빡이고 있었고, 버스 정류장에서는 사람들이 이어폰을 귀에 꽂은 채 휴대폰 화면을 들여다보느라 여념이 없었다. 다들 각자만의 이야기 속에서, 또 다른 시간을 살아가고 있는 듯했다.

하늘을 바라보자 별이 총총 박힌 모습이 눈에 들어왔다. 구름은 잠시 자리를 비켜준 듯한, 맑은 여름 하늘이었다. 윤슬은 이어폰을 귀에 꽂고, 스텔라 장의 〈Winter Dream〉을 재생했다. 꼬마들이 모여서 장난치고 있는 듯한 왈츠 반주에 이어, 맑고 투명하면서도 다정한 음색의 목소리가 등장했다. 마치 한겨울에 두툼한 코트를 껴입고 어딘가로 달려가는 사람처럼, 차가운 공기도 무장해제 시키는 따스한 멜로디와 음색이었다.

음악이 흐르는 동안, 윤슬은 잠시 눈을 감고는 할아버지와 함께 커다란 주전자 속을 헤엄치는 상상을 했다. 그러다 이내 구름이 되고, 노래가 되고, 이야기가 되어 어디론가 흩어지는 자신을 그려보았다.

이번 이야기로 누군가 어렸을 적 꿈을 떠올리게 된다면 얼마나 좋을까. 운화백화점 옥상 정원에 피어나는 구름꽃처럼, 한 사람의 마음에 아주 작은 꽃잎 하나가 내려앉을 수 있다면, 하고 바랐다. 올해 구름 마법사 소피아가 전하는 이야기가 사람들에게 크리스마스에 꾸는 꿈처럼 다가가기를, 누군가에게 겨울의 꿈을 배달해줄 수 있기를 가만히 기도했다.

6장
구름 속에
이야기가 있다

#1.

미래의 운화백화점 관계자 여러분께

안녕하십니까. 저는 운화백화점 3대 대표이사 이민준입니다. 운화백화점의 창업주이자 제 할아버지는, 솔직히 말해 꽤 괴짜셨습니다. 해외 출장을 가면 두 군데는 꼭 들르셨습니다. 오래된 레코드 숍과 장난감 가게. 바이어를 쉴 새 없이 만나야 하는 바쁜 출장 일정 중에도, 레코드와 게임기를 사 오는 일은 빼놓지 않으셨습니다. 할아버지는 손자인 저를 매일같이 방으로 부르시고는 함께 게임을 하자 하셨습니다. 좋아하는 LP를 틀어놓은 채로요.

할아버지는 제게 많은 이야기를 들려주셨지만, 끝내 돌아가시기 전까지도 한 가지는 말씀하지 않으셨습니다. 운화백화점 옥상에 '이스터에그'를 묻어두셨다는 사실을요. 그것은 단순한 게임이 아니었습니다. 바로 할아버지가 운화백화점을 만든 초심을 담은 편지였습니다. 40년 전 운화백화점 창립일에 할아버지는 그 편지를 타임캡슐에 봉인했습니다.

그리고 얼마 전, 그 편지가 세상 밖으로 나왔습니다. 편지를 보고 돌아온 그날 밤, 저는 오래 전 할아버지께서 제게 했던 말을 떠올렸습니다.

"민준아, 운화백화점은 결국 사람이야. 사람이 오고, 사람이 웃고, 사람이 머무는 곳."

저는 그 말을 다 이해하지 못한 채로 어른이 되었고, 오늘의 운화백화점를 맡게 되었습니다. 그렇게 배턴을 이어받은 사람이 다시 누군가에게 배턴을 넘기는 지금 이 순간, 할아버지가 왜 편지를 남겨두었는지를 조금은 이해할 수 있습니다.

릴레이 경주에서 배턴을 이어받았으니, 저도 당신에게 배턴을 넘깁니다.

'40년 후의 한국은 어떤 곳이 되었나요?'

'운화백화점은 여전한가요?'

'이곳은 여전히 사람의 마음이 오고 가는 장소인가요?'

궁금한 게 많지만, 모두 타임캡슐에 함께 묻겠습니다. 대신, 한 편의 짧은 이야기로 제 마음을 전합니다.

<행복을 숨겨둔 곳>

이 세상이 처음 생겼을 때 인간에게는 행복이 이미 주어져 있었다.

그래서 인간들은 제법 거들먹거렸고, 어쩐지 너무 쉽게 웃고 울고 사랑하고 화해했다.

그런 인간들이 얼마나 꼴불견이었겠는가.

보다 못한 천사들이 회의를 열어 결의하였다.

인간에게서 행복을 거두어들이기로.

인간들은 마침내 행복을 빼앗겼다.

인간에게서 행복을 빼앗은 천사들에게는 한 가지 고민이 생겼다.

그 행복을 어디에 감추어두느냐는 것이었다.

한 천사가 제안하였다.

"저기 저 바닷속 깊은 곳에 감추어두면 어떨까요?"

천사장이 고개를 저었다.

"인간들의 머리는 비상하오.

바닷속쯤이야 뒤져서 머지않아 찾아갈 것이오."

한 천사가 제안하였다.

"가장 높은 산의 정상에 숨겨두면 어떨까요?"

이번 역시 천사장은 고개를 저었다.

"인간들의 탐험 정신은 따를 동물이 없어요. 그러니 제아무리

높은 산 위에 숨겨두어도 찾아가버릴 것이오.”

오랜 궁리 끝에 천사장은 마침내 결론을 내었다.

“인간들 저마다의 마음속에 숨겨두기로 합시다. 인간들의 머리가 비상하고 탐험 정신이 강해도 자기들 마음속에 행복이 숨겨져 있는 것을 깨닫기는 좀체 어려울 것이오.”

행복은 그렇게, 각자의 마음 한가운데에 숨겨졌다.

사실 이 이야기는 저희 할아버지께서 어릴 적 저에게 해주셨던 이야기인데요. 여러분께 전하는 날이 오게 되어 기쁩니다. 저 역시 40년 뒤의 운화백화점이, 바로 그런 곳이기를 바랍니다. 이곳에 오는 모든 분들이 자신의 마음속에 들어 있는 행복을 발견하게 되길 기대합니다. 사람들이 구름을 바라보며 이야기 꽃을 피우는 공간이 되길 희망합니다. ‘구름(雲)’과 ‘꽃(花)’이 흐르는 마을이라는 뜻을 가진 운화동(雲花洞)의 이름처럼, 당신의 이야기가 구름처럼, 꽃처럼 피어나 사라지지 않고 머무는 공간으로 기억되길 바랍니다.

2026. 12. 17 창립 40주년 기념일에,

대표이사 이민준

#2.

지하철 2호선 열차 문이 피쉬식 하며 닫혔다. 또각거리는 하이힐 구두와 저벅저벅 소리를 내는 정장 구두 사이로, 스니커즈 운동화가 리드미컬하게 움직였다.

한창을 졸던 윤슬은 "다음 역은 운화역입니다"라는 안내 방송에 눈을 번쩍 떴다. 이제 머리보다 몸이 먼저 반응하는 것을 보니, 2년 만에 운화동에 완전히 적응한 게 틀림없었다.

윤슬은 실눈을 뜬 채로 비척비척 걸음을 옮겼다. 출구로 향하는 발걸음엔 피로가 남아 있었지만, 마음엔 희미한 설렘이 걸려 있었다. 디데이이니까.

"굿 모닝!"

그때 뒤에서 누가 윤슬의 어깨를 툭 치며 인사했다.

"헙, 기현 대리님!"

"언제적 대리님이에요. 이제 그 호칭 좀 안 쓰면 안 돼요?"

기현은 반듯한 눈썹을 살짝 찡그리며 웃었다.

"아, 입에 한번 붙으니 떨어지질 않네요, 헤헤. 그리고 한번 대리님은 평생 대리님 아니에요? 그런데 오늘도 우리 백화점으로 출근이에요?"

"그렇죠, 오늘이 디데이인데. 당연히 와야죠."

"이 정도면 운화백화점이랑 보통 인연이 아니네요. 그렇게 떠나려고 애썼는데, 자꾸 오게 되는 걸 보면…."

"아니, 내가 또 언제 떠나려고 애까지 썼다고…."

에스컬레이터를 타고 11번 출구로 올라가는 사이, 새로운 열차가 도착해 사람들을 쏟아내고 순식간에 사라졌다. 둘은 지하철역 출구로 나와서 백화점 정문 쪽으로 나란히 걷기 시작했다. 기현이 가방을 고쳐 메더니 윤슬의 팔을 툭 쳤다.

"저기."

"…네?"

"고마워요, 그거."

윤슬의 눈동자에 장난기가 스르르 번졌다.

"아니, 사람이 그렇게 말하면 누가 알아들어요? 뭐가 어떻게 얼마나 고마운지, 정확히 얘길 해줘야 알죠."

"허어, 참… 아니, 뭐, 고마우니까 고맙다고 하는 건데. 그게 뭐가…."

기현이 괜히 시선을 딴 데로 돌렸다. 윤슬은 무슨 소리냐며 짓궂게 모른 체하다가, 새하얀 이를 드러내며 웃었다.

"에이, 별거 아니에요. 미리 메리 크리스마스!"

윤슬의 바짝 위로 묶은 머리카락이 오늘따라 경쾌하게 좌우를 오갔다. 기현은 어이없다는 듯 눈을 슬쩍 흘겼지만, 어딘가 웃고 있는 듯한 눈빛이었다. 백화점 정문이 눈앞에 가까워졌다.

오늘은 드디어 백화점 크리스마스 마켓이 오픈하는 날이다. 올해 크리스마스 마켓 콘셉트는 '당신의 크리스마스 이야기, 운화백화점(雲花百話店)'으로 결정되었다. 구름 마법사 소피아 이야기를 VMD팀에서 변형했는데, 소란스러운 도시의 비밀스러운 크리스마스 정원이라는 배경을 살리면서 소피아의 세계관 설정을 더한 모양이었다.

크리스마스 마켓 한편에 연 팝업스토어에서는 이곳을 방문한 고객이 누군가에게 전하고 싶은 사연을 써 접수하면 원하는 날짜와 장소에 배달해주는 이벤트를 열기로 했다. 다음 40년을 기약하는 타임캡슐 매립 이벤트도 함께 진행하기로 했다. 애물단지 재고로 남았던 팝업북도 함께 판매하는 건 덤이고.

메인 로비에 걸린 대형 스크린에선 테스트가 한창이었다. 기현이 몸담은 몬스터트리와 협력해 준비했다. 고객 사연을 실시간으로 영상 콘텐츠로 제작하는 이벤트 역시 준비했다. 새롭게 개발한 AI 기술로 선보이는 영상 서비스였는데, 고객이 사연을 보내오면 이를 AI가 영상이 담긴 그림책으로 만들어줬다. 구름 마법사 소피아가 배달하는 마음을 AI를 통해 맞춤 영상으로 보여주는 셈이었다.

화면에는 미리 고객의 사연을 받아 만든 샘플 영상이 상영되고 있었다. 유난히 사랑이 많던 막내 이모가 30년 전에 운화백화점에서 빨간색 앙고라 털모자를 생일 선물로 사주었던 날에 관한 사연이 담긴 영상이 첫 번째로 나왔다. 이어서 사랑했던 외할머니를 보내드리고 나서 마음이 엉망진창으로 널브러진 빨래 같았는데, 백화점 문화센터에서 할머니가 좋아했던 자수 놓기를 배우면서 할머니와 함께 한 발 한 발 앞으로 나아가는 것 같다는 손녀의 사연도 나왔다.

다음으로는 태어날 때부터 항상 곁에 있던 강아지 망고가 10년 전에 무지개 다리를 건넌 이후로, 제대로 된 인사를 하지 못하고 망고를 보낸 슬픔과 아쉬움에 여태껏 힘들어하는 친구를 위한 사연이었다. 영상에선 하늘의 구름이 서서히 모여들어 푸들 강아지 모양을 만들었고, 노을 지는 하늘 너머에는 커다란 무지개가 걸렸다. 푸들 모양의 강아지 구름이 무지개 너머로 천천히 사라지고 해가 내려앉은 하늘에 별이 하나둘 떠올랐다.

윤슬은 영상이 끝나고도 자리에 못 박힌 듯 움직이지 않는 기현의 뒷모습을 바라봤다. 잘 가, 고마웠어, 사랑해. 많이 늦어버린 마지막 인사를 망고에게 건네는 마음이, 뒷모습에서 그대로 느껴졌다. 어떤 이별은 아무리 많은 시간이 흘러도 뭉툭해지지 않은 채, 생생한 날카로움으로 남는 것만 같았다.

그런 마음은 기현만의 것이 아니었다. 이곳에 모인 이들의 가슴 어딘가에도 누군가를 사랑하고 그리워하고, 그래서 아프고 시린 마음이 있을 것이다. 말로 꺼내지 못한 그리움 하나, 인사하지 못한 이별 하나, 차마 붙잡지 못한 순간 하나가. 평생 가슴에 품고 살아가야 하는 그 아릿하고 애틋한 마음이, 언젠가는 삶을 견디게 하는 힘이 될 것이라 믿었다.

윤슬은 할아버지가 바닷가에 앉아 시를 필사하는 모습을 떠올렸다. '내 그대를 생각함은'이라는 시의 첫 구절이 파도처럼 밀려왔다. 할아버지가 바닷가에 앉아 시를 쓰는 사이에, 할아버지의 마음은 소피아를 잠시 만나고 온 게 아닐까? 소피아는 할아버지에게 어떤 마음을 배달했을까?

#3.

"아, 빨리 내려오라니까. 카운트다운 시작됐다고!"

민우의 다급한 목소리가 전화기 너머로 튀어나왔다.

"헉, 시간이 벌써! 알았어!"

윤슬은 가방을 잽싸게 움켜쥐고 백화점 앞 사거리로 뛰었다. 정각 6시가 되기까지, 3분이 채 남지 않았다. 올해 운화백화점에서 새롭게 선보이는 크리스마스 영상이 최초 공개될 예정임을 알리는 카운트다운이 거대한 전광판에 내려앉고 있었다.

"여기야, 여기!"

사람들 사이로 한승우 과장이 팔을 높이 들어올렸다. 옆에 선 유정이 폴짝 뛰며 뭐라고 외쳤고, 민우도 뛰어오라고 손짓하는 게 보였다.

백화점 앞은 이미 인파로 가득했다. 백화점 직원과 길을 지나가던 행인들, 그리고 크리스마스 영상이 공개되기를 기다린 고객들이 한데 모여서 모두가 같은 하늘을 올려다보고 있었다.

운화백화점 너머로 노을이 지고 있었다. 노을빛을 받은 구름은 핑크 뮬리가 하늘을 뒤덮은 모습처럼 보였다. 마치 누군가 파스텔 가루를 뿌려놓고 손가락으로 슥슥 뭉갠 듯 부드럽게 느껴졌다. 이내 해가 순식간에 내려앉자, 그 자리에는 얇은 금빛 잔광이 남았다.

'매직 아워다.'

윤슬은 속으로 중얼거렸다. 하루 중 가장 짧은 기적. 세상이 잠깐 멈춰 빛나는 찰나의 시간. 하루에 두 번, 그러니까 일출 직전과 일몰 직후에 매직 아워가 있던 할아버지의 이야기가 떠올랐다.

마법 같은 순간이라… 다들 전광판의 카운트다운을 바라보고 있었지만, 윤슬은 전광판 대신 하늘을 올려다보았다. 매일 어김없이 매직 아워는 찾아오고, 마법 같은 순간은 늘 곁을 스쳐 가는데 우리는 왜 그 사실을 자꾸 잊고 사는 걸까. 이렇게 아름다운 장면도 매일 반복되면 결국 아무 일도 아닌 것처럼 무뎌지는 걸까.

그제야 윤슬은 알았다. 해가 뜨고 지는 그 짧은 시간들이, 해가 내려앉고도 얼마간 세상이 환한 순간이야말로 마법과 다르지 않다는 걸. 특별해서가 아니라, 늘 같은 자리에서 같은 모습으로 다시 찾아온다는 이유만으로도, 그 시간은 충분히 기적과도 같다는 걸.

높은 곳에 떠 있던 구름이 마지막으로 오묘한 금빛으로 물들었다가 검푸른 빛으로 변했다. 노을에게 배턴 터치라도 받은 것처럼 카운트다운이 끝난 전광판 스크린에는 크리스마스 영상이 흘러나오기 시작했다.

＊＊＊

영상은 구름 마법사 소피아가 옥상 정원에서 졸고 있다가 꼬마의 등장으로 잠에서 깨는 장면으로 시작했다. 이어, 소피아가 마법을 써서 1986년과 2026년 현재를 오가며 마음 조각을 모으고 이를 한 권의 책으로 만들어 꼬마에게 내민다. 그 순간, 꼬마는 인상 후덕한 할아버지로 바뀌고, 타임캡슐 이미지가 화면을 채운다. 마지막으로 자막이 떴다.

'SINCE 1986 : 당신을 위한 비밀 편지'

그리고 잠시 정적 뒤에 한 문장이 천천히 떠오른다.

'당신이 행복을 숨겨둔 곳은 어디인가요?'

소피아는 옥상 정원에 피어난 구름꽃을 한 아름 꺾어 크리스마스 이야기를 담은 한 권의 책을 완성한다. 운화백화점 옥상 정원에는 구름꽃이 둥둥 떠다닌다. 이어서 마지막 자막이 뜬다.

'운화동에 구름꽃이 피었습니다. 〈당신을 위한 크리스마스 이

야기, 운화백화점(雲花百話店)〉'

백화점 로고와 함께 영상은 천천히 어둠 속으로 사라졌다.

사람들 사이에서 박수가 터져 나왔다.

윤슬은 박수를 치면서 깔깔대며 웃는 승우 과장과 민우, 유정을 차례로 바라봤다. 신입사원 슈퍼루키 발표장에서 '구름'이라고 대답하던 그날이 떠올랐다. 승우 과장을 처음 만났을 때, 인상적이었던 보조개도. 보고에서 연이어 깨지고, 이야기의 미로에서 헤맸던 기억도 났다. 결국 이야기로 살아남지 못하고, 어디론가 사라져버린 사건과 설정도 생각났다. 아무리 머리를 쥐어짜도 조잡한 아이디어만 나와서 자괴감에 들던 순간과, 포기를 선언하고 도망가고 싶던 순간, 막다른 골목 앞에서 숨이 턱턱 막히던 순간도 떠올랐다.

그럼에도 끝까지 쓰는 용기를 내보라던 기현의 말과 쓰면서 지켜야 할 마음은 기쁨이라고 생각한다던 민성훈 작가의 얼굴도 기억났다. 부산 센트럴 옥상에서 비에 젖은 거대한 팝업북을 보고 망연자실했던 날과, 보고에서 잔뜩 깨져 맥이 빠지던 날, 망원한강공원에서 치맥하던 날도 떠올랐다.

이어 글쓰기 수업에서 다른 사람의 인생 이야기를 듣던 시간과 미술관에서 혼자 그림을 보던 시간, 할아버지가 사랑했던 시 〈즐거운 편지〉를 오랜만에 다시 듣던 시간이, 타임캡슐을 찾기 위해 옥상 정원을 파헤치던 시간이, 최종 보고를 마치고 재즈바에서 칵테일 잔을 부딪히던 시간까지 파도처럼 한꺼번에 밀려왔다. 감정과 생각은 정리되지 않은 채 뒤엉켜 있었지만, 어쩌면 바로 그 불완전함 때문에 누군가의 마음에 닿았는지도 몰랐다. 우리의 삶이 늘 그렇듯, 매끄럽게 흘러가는 순간은 좀처럼 없으니까.

글을 쓰는 것도 마찬가지였다. 시작할 때 차올랐던 설렘은, 이 야기의 미로를 헤매며 악몽으로 바뀌곤 했다. 하지만 그렇게 달달하면서도 쓰라린 순간들이 모여 우리들만의 이야기를 만들어 내었다는 사실을, 윤슬은 알 수 있었다.

끝까지 써보아야 알 수 있는 것이 있다고 했다. 끝까지 달려보고서 뒤돌았을 때 그제야 보이는 것이 있다고 했다. 쓸 때는 몰랐다. 구름 마법사 소피아를 이렇게 세상에 선보이게 될 줄은. 당시의 윤슬에게는 그냥 쓰는 일 자체, 끝까지 포기하지 않고 써보는 일이 중요했다.

40년 전 타임캡슐에 비밀 편지를 담은 창업주의 마음도 아마 비슷하지 않았을까? 어디로 닿을지 모르지만, 그래도 언젠가 누군가에게 닿기를 바라는 마음. 그저 끝까지 써보는 마음.

윤슬은 스크린 앞에 옹기종기 모여 영상을 바라보는 사람들의 뒷모습을 사진으로 담았다. 그 순간, 미술관에서 봤던 미셸 들라크루아의 그림 하나가 떠올랐다. 따뜻한 빛 아래 모여 각자 자신만의 이야기를 품고 있던 사람들을 그린 그림. 그림 속 사람들을 바라보며 참 좋다고 생각했던 그 그림. 그리고 깨달았다. 오늘의 자신 역시, 그 그림 속에 있는 사람 중 한 명이라는 사실을.

#4.

배경음악 볼륨이 살짝 낮아지자, 디제이가 오프닝 멘트를 시작했다.

"여러분은 요즘 어떤 글을 쓰고 계세요? '에이, 저는 글이라고는 아무것도 안 써요'라고 대답하실 건가요? 하지만 여러분, 한번 생각해보세요. 오늘이 크리스마스이브란 걸 핑계 삼아 오랜만에 친구에게 안부 문자를 보내지 않으셨나요? 크리스마스 선물을 사면서 카드에 뭐라도 한마디 적어 넣으려 고민하지 않으셨어요? 올해가 딱 일주일 남은 오늘, 문득 일기를 써보고 싶다는 생각이 들진 않으셨는지요?"

음악의 볼륨이 잠깐 커졌다가 다시 작아졌다.

"크리스마스이브인 오늘, 여러분은 다들 어디서 무얼 하고 계시나요? 오늘은 운화백화점 유튜브 채널이 라디오로 변신해 작가님 한 분을 모시고 크리스마스 이야기를 나눠보려고 합니다. 책방지기이자 소설가인 민성훈 작가님을 모셨습니다. 환영합니다! 제가 작가님 소설을 정말 재밌게 읽었거든요. 먼저 청취자분들께 인사 부탁드립니다.”

“네, 어… 안녕하세요. 책방지기이자 소설가 민성훈입니다.”

민성훈 작가의 얼굴은 동그란 은테 안경 덕분에 더욱 동그랗게 보였다. 디제이는 잔뜩 긴장한 작가를 다정하게 맞이하며 대화를 노련하게 이어나갔다. 중간중간 관객석에선 이야기에 호응하는 웃음이 물결쳤다. 무대 뒤로는 커다란 스크린이 떠 있었는데, 보이는 라디오 콘셉트로 방송 장면이 실시간으로 보였다.

“올해 운화백화점에서 처음으로 선보인 ‘구름 마법사 소피아’의 크리스마스 이야기는 온라인에서도 핫한데요. 혹시 작가님도 보셨나요?”

“아, 그럼요.”

긴장했던 민성훈 작가의 얼굴이 잠시 부드럽게 풀어졌다.

“운화백화점에 진짜 타임캡슐이 있었다면서요?”

“네, 과거 타임캡슐을 묻었던 이곳 옥상 정원이 요즘 SNS 인증샷 성지가 되었답니다.”

“저도 운화백화점에서 선보인 크리스마스 이야기를 보고 10년 후, 20년 후, 30년 후의 자신에게 편지를 쓰고 있어요. 사실 이야기는 거창한 게 아니에요. 한 통의 편지도, 자신만의 이야기가 되기에 충분하거든요."

디제이는 오늘 밤에 미래의 자신에게 보내는 편지를 써야겠다고 말하며, 질문을 이어갔다.

"작가님, 편지 이야기가 나와서 말인데요. 요즘 글쓰기에 관심 있는 분들이 참 많습니다. 그런 분들을 위해서, 작가님께선 글쓰기란 무엇이라고 생각하시는지 얘기해주실 수 있을까요?"

대본에 시선을 두었던 디제이가 민성훈 작가와 눈을 마주했다. 동글동글한 얼굴에 체크무늬 셔츠를 입은 민성훈 작가의 얼굴이 화면에 클로즈업됐다. 작가는 마이크를 든 채, 잠깐 머리를 긁적이며 생각하더니 고개를 들었다.

"음, 글쎄요. 사실 미리 주신 대본에 이 질문이 있길래 혼자서 고민을 많이 해봤습니다. 글쓰기가 뭘까, 하고요. 딱 부러지는 정답이란 없겠지만, 글쓰기란⋯ 자신만의 주파수를 찾아내는 일 아닐까 싶습니다. 나만의 이야기를 송출하는 권역이 어디에 있는지 스스로 찾아내고, 자신의 주파수를 통해 나를 알아가고 동시에 세상과 소통하는 일. 그게 글쓰기가 아닐까요?"

청중석에서 작은 박수가 일었다.

스태프 자리에서 지켜보던 구름 프로젝트 팀원들도 함께 환호했다. 크리스마스 마켓의 오프라인 이벤트로 진행되는 '운화 백화점과 라디오' 프로그램은 구름 프로젝트 팀이 기획부터 진행까지 맡았다. 이번에도 무대는 백화점 옥상이었다. 부산에서 열었던 팝업북 이벤트처럼 사람들이 얼마 오지 않으면 어쩌나 걱정했는데, 공개한 이야기의 배경이라 그런지 이번엔 많은 사람들이 찾아주었다.

윤슬은 무대에 올라 있는 민성훈 작가에게 마음속으로 감사 인사를 전했다. 작가님과 함께한 글쓰기 수업 덕분에 이야기의 씨앗을 찾았고, 그 씨앗이 마음 깊은 곳의 골짜기에서 싹을 틔우고, 이렇게 성장했다고. 미로에서 길을 잃은 듯 정체된 상황을 뚫고 가지를 기어이 뻗어나갔다고. 구름 마법사 소피아라는 존재는, 윤슬의 마음속에 잠자코 잠들어 있던 자그마한 씨앗이었다고.

무대 뒤편 스크린에는 올해 크리스마스 영상이 흐르고 있었다. 소피아가 꼬마와 함께 1986년으로 돌아가는 장면이 나오는 순간, 누군가가 손가락으로 하늘을 가리켰다.

"오, 눈이다!"

한 송이, 두 송이. 싸락눈이 소리 없이 떨어졌다.

꼬마들은 눈이라며 신나서 뛰어다녔고, 연인들은 뜻밖의 선물 같은 풍경을 사진으로 남기느라 바빴다. 라디오 부스의 조명에 눈송이가 반짝였다.

어느덧 방송도 끝을 향해 가고 있었다. 디제이의 클로징 멘트를 들으며, 윤슬은 오늘 밤 할아버지에게 편지를 써야겠다고 마음먹었다. 할아버지가 그토록 쓰고 싶어 했던 마음이 어떤 것이었는지 알게 되었다고, 할아버지가 지어준 '윤슬'이라는 이름에 담긴 마음을 이제는 안다고 얘기하고 싶었다.

그건 최선을 다해 오늘을 살아내는 일이었다. 희미해지다 언젠가 사라지는 순간이 오더라도, 오늘의 반짝임을 잃지 않는 것이었다.

사락, 사락. 빵가루를 뿌린 것처럼 얇게 눈이 쌓이는 바닥을 걸었다. 그 순간, 윤슬의 머릿속에 이야기를 여는 문장 하나가 떠올랐다.

땅에 닿자마자 사그라드는 눈송이 같은 문장이었다. 조용히 사라지는 구름 같은 운명을 담담히 받아들인 문장이었다. 화이트보드에서 슥슥 지워낸 문장이었다.

머릿속을 맴도는 이 문장이 데리고 갈 새로운 세계를 기대하는 사이, 윤슬의 입매가 살짝 올라갔다.

할아버지의 인생책

장맛비는 폭염을 밀어내라는 임무를 받은 특수 요원이라도 된 듯 세차게 쏟아졌다. 덕분에 기세등등하던 한여름의 열기는 한풀 꺾였고, 부드러운 산등성이를 타고 시원한 바람이 넉넉히 불어왔다.

소양리 북 스테이에는 입구부터 수국이 흐드러졌다. 만개한 분홍빛, 푸른빛, 연둣빛 수국이 굵은 빗방울에 한들거리는 모습은 수채화를 닮아 있었다. 문 바로 옆에는 배롱나무가 서 있었는데, 가지 끝마다 붉은 꽃송이가 뭉게구름처럼 몰려 있었다.

윤슬은 정원을 가득 메운 수국에 시선을 빼앗기면서도, 가방이 빗방울에 젖을세라 가슴께로 꼭 끌어안았다. 묵직하고 딱딱한 감각이 느껴졌다. 조심스레 문을 열고 들어서자, 노란 조명이 은은하게 번지는 소양리 북스 키친이 한눈에 들어왔다. 2년 만에 다시 찾아온 곳이지만 기억 속 모습과 다르지 않았다. 함부로 선을 넘지 않고 적당한 거리를 지키며 다정한 마음을 건네는 장소였다.

카운터에서 책을 읽고 있던 책방지기가 고개를 들어 윤슬을 보고는 빙그레 웃었다. 윤슬은 자신도 모르게 마주 웃었다. 그 순간 마음속에 단단히 조여 있던 매듭이 느슨해지는 기분이 들었다.

"어머, 정말요? 여기 있던 그림책 이야기를 모티브로 새로운 이야기를 만들었다고요?"

책방지기 유진은 진심으로 놀란 얼굴로 책장 쪽에 시선을 던졌다. 정확히는 그 책을 바라봤다. 독특한 금장의 그 그림책은 그대로 자리를 지키고 있었다. 지붕 위에 앉아 달을 바라보는 소녀가 그려진 표지.《달빛 책방의 크리스마스 이야기》라는 제목이 "바로 나야"라고 말하듯 빛났다.

윤슬은 작게 웃으며 고개를 끄덕였다.

"네, 백화점에서 이야기를 만드는 프로젝트였는데요…."

윤슬은 구름 프로젝트를 진행하며 겪었던 우여곡절을 얘기하기 시작했다. 몇 달 밖에 지나지 않았지만, 이상하게도 10년은 지난 일처럼 느껴졌다. 이야기가 이어질수록 유진의 얼굴에 조금씩 미소가 번져갔다. 윤슬은 그 표정을 보며 가방을 만지작거렸다. 아직 꺼내지 못한 말이 남아 있었다. 유진도 그런 분위기를 알아챈 얼굴이었지만 먼저 재촉하진 않았다. 유진이 조용히 시선을 맞추고 있다는 걸 확인한 뒤에야, 윤슬은 가방에서 그림책을 꺼내 테이블 위에 올려 놓았다.

"실은… 오늘 여기 온 이유가 있어요."

바깥에는 빗방울이 여전히 타닥타닥 소리를 내며 유리창을 두드리고 있었다.

"백화점 프로젝트 팀이 만들어낸 수많은 이야기 대부분은 끝내 선택받지 못하고 조용히 버려졌어요. 충분히 매력적이지 않다거나, 상업적으로 발전이 힘들다거나 혹은 감동이 부족하다는 이유로요."

윤슬은 잠시 숨을 고른 뒤 말을 이었다.

"그런데… 문득 그런 생각이 들었어요. 만약 구름 마법사 소피아가 제게 할아버지의 마음을 배달해준다면, 어떤 이야기가 담겼을까 하고요. 그러다가… 할아버지만을 위한 그림책을 만들어보자고 마음먹었어요. 다른 사람들은 몰라도, 저에겐 굉장히 특별한 책이 될 테니까요. 그만큼 할아버지는 저에게 가장 소중한 존재거든요. 정식 출간을 하는 건 아니고 가족끼리 볼까 해서 몇 권만 만들어봤는데요…"

윤슬은 테이블에 올려놓은 그림책을 유진 앞으로 살짝 내밀었다.

표지에는 초록이 무성한 여름날, 할아버지와 손녀가 나란히 산책하는 뒷모습이 담겨 있었다. 옆으론 '홍릉수목원'이라는 표지판도 보였다.

유진이 책장을 넘기자, 첫 장에는 주름이 잡힌 할아버지의 커다란 손이 클로즈업된 장면이 나왔다. 이어서 해운대 바닷가에서 파도를 바라보며 글을 쓰는 뒷모습, 홍릉수목원 자판기 앞 벤치에 앉아 노트를 펼친 옆모습, 철물점 한편에서 천천히 연필을 움직이는 할아버지의 모습이 차례로 이어졌다. 다음 장을 넘기자, 빼곡히 적힌 노트 위로 한 문장이 선명하게 보였다.

'내 그대를 생각함은'.

윤슬이 만든 그림책은 황동규의 〈즐거운 편지〉의 시구를 바탕으로, 할아버지의 삶을 한 장면씩 엮어낸 이야기였다. 첫 장은 '항상 그대가 앉아 있는 배경에서'라는 구절로 시작됐다. 고등학생 시절의 할아버지와 할머니가 빵집에 나란히 앉아 수줍게 빵을 먹는 장면이 담겼다. 이어지는 페이지에는 '해가 지고 바람이 부는 일처럼 사소한 일일 것이나'라는 구절과 함께 스무 살의 할아버지가 청혼 편지를 쓰던 밤과 첫 아이가 태어나던 새벽, 그리고 걸음마를 막 시작한 아이와 공원에서 솜사탕을 먹던 봄날의 풍경이 차례로 이어졌다.

'언젠가 그대가 한없이 괴로움 속을 헤매일 때에 오랫동안 전해오던 사소함으로 그대를 불러보리라'라는 문장 아래에는 자전거를 가르쳐주다 넘어져 우는 아이를 달래던 여름과 저녁을 먹고 아내와 동네를 산책하며 바라보던 가을밤의 보름달, 어느새

다 큰 손녀와 수목원을 거닐다 맞이한 첫눈 내리는 아침, 그리고 이제는 할머니 없이 혼자 걷는 저녁 풍경까지 담겨 있었다. 시구 하나 하나를 따라, 한 사람의 삶이 펼쳐지는 책이었다. 책의 마지막 장에는 아무도 없는 바닷가에 싸락눈이 내리는 장면이 담겨 있었다.

"사장님께 이 책을 꼭 보여드리고 싶었어요. 이곳의 마법사 이야기가, 또 다른 이야기가 시작되는 문을 열어줬으니까요. 그 책이 아니었다면 아마 프로젝트도 지금과는 전혀 다른 모습이었을 것 같아요. 길을 잃은 채 이야기를 끝내지 못했을지도 모르고요…. 감사하다는 인사를 꼭 드리고 싶었어요."

유진은 윤슬의 눈을 바라보며 환하게 웃었다.

"와, 마법사 이야기를 쓴 작가님께도 꼭 전해야겠네요. 감사 인사는 제가 해야죠. 이런 이야기를 들을 때마다 소양리 북스 키친을 열길 정말 잘했다는 생각이 들어요."

유진은 그렇게 말하며 창밖으로 시선을 돌리고는 수국이 가득한 정원을 한참 바라보다가, 조용히 입을 열었다.

"이곳을 열면서 정원에 수국을 엄청 심었어요. 사실 수국은 필 때는 예쁜데, 꽃이 지기 시작하면 다소 지저분해 보이기도 해서 원예 하는 사장님이 말리셨지만… 수국의 꽃말을 좋아해서 이곳에 꼭 심고 싶었거든요."

"꽃말이 뭔데요…?"

유진은 테이블에 놓인 그림책을 손가락으로 톡톡 두드리더니,

윤슬을 바라봤다. 눈가에 잔잔한 미소가 떠올라 있었다.

"…진심이래요."

그 말이 공기 속에 조용히 내려앉았다.

빗소리가 잦아들 무렵, 소양리 북스 키친에서는 재즈 트리오 공연이 열렸다. 피아노가 먼저 '딴딴따 따라라라' 하고 운을 떼자, 음들은 일부러 반박자쯤 비껴가듯 흐르며 공간을 채웠다. 정확함보다 자연스러움을 택한 듯, 칙칙폭폭 달리는 기차의 리듬을 닮은 멜로디에 드럼이 자연스럽게 끼어들었다. 이어서 콘트라베이스가 주인공처럼 등장하며 곡을 이끌기 시작했고, 재즈 특유의 익살과 여유가 돋보이는 즉흥 연주가 이어졌다.

윤슬은 재즈 트리오의 무대를 바라보다가, 문득 시선을 돌려 책방 한편에 놓인 자신의 그림책을 바라보았다.《달빛 책방의 크리스마스 이야기》옆에 조용히 자리 잡고 있었다. 그때 유진과 눈이 마주쳤다. 말없이 고개를 끄덕이는 유진의 표정은 굳이 설명하지 않아도 그 마음을 다 안다고 말하는 듯했다. 이곳은 그런 곳이었다. 말을 아끼고도 마음이 닿는 장소.

창밖으로 다시 빗소리가 잔잔히 스며들었다. 윤슬은 그 소리를 들으며 문득 시의 마지막 구절을 떠올렸다.

'밤이 들면서 골짜기엔 눈이 퍼붓기 시작했다. 내 사랑도 어디쯤에선 반드시 그칠 것을 믿는다. 다만 그때 내 기다림의 자세를 생각하는 것뿐이다. 그동안에 눈이 그치고 꽃이 피어나고 낙엽

이 떨어지고 또 눈이 퍼붓고 할 것을 믿는다.'

시원하게 쏟아지는 빗소리가 재즈 선율과 뒤섞여 흘렀다. 창문 너머의 수국은 빗물에 젖은 채 고개를 흔들어서 마치 리듬에 맞춰 춤을 추는 것처럼 보였다. 한여름의 저녁 하늘은 어둠을 잊은 듯 환한 빛을 머금고 있었다. 폭풍우처럼 몰아치던 시간도 잠시 숨을 고르는 듯 느슨해졌다. 재즈의 리드미컬한 음색이 꼭 구름 프로젝트 멤버들이 한자리에 모여 왁자지껄하게 수다를 떨다 웃음이 터져 깔깔대는 순간처럼 들렸다.

기차는 다음 날 오후 3시 정각에 출발했다. 다시 집으로, 일상의 자리로 돌아가는 길. 창문 바깥으로는 지칠 줄 모르고 내리쬐는 뙤약볕 아래 다양한 모양의 구름이 오랜만에 가족 모임이라도 하는지 하늘에 모여 있었다. 짙은 남빛 구름은 털 뭉치처럼 낮게 떠 있고, 안개를 얇게 찢어 펼쳐놓은 듯한 구름은 새파란 하늘 위쪽에 드리워져 있었다. 그 아래에는 뭉게구름이 마치 산 등성이를 그리듯 맹렬하게 피어올랐다.

윤슬은 망원한강공원에서 프로젝트 팀원들과 함께 바라보던 구름을 떠올렸다. 기현과 삼성동을 산책하며 마주쳤던 여름밤의 구름도. 크리스마스 광고 영상이 공개되기 직전 노을빛으로 물들었다가 서서히 사라지던 구름도.

그동안 구름을 소재로 캐릭터를 만들며 이야기를 만들어보려고 애써왔지만, 뒤돌아보니 구름 프로젝트가 도리어 이야기라는 세계로 우리를 초대한 게 아닐까 하는 생각이 들었다. 이미 존재하던 세계가 있었고, 인간은 문장이라는 도구를 빌려 그 우주에 잠시 발을 들여놓도록 허락받았을 뿐인지도 몰랐다. 내면을 비추는 거울이 수없이 놓여 있는 곳, 실시간으로 바뀌는 감정과 생각이 파도처럼 일렁이는 곳, 끝내 자기 자신과 마주하는 방의 문이 열리는 곳. 우리는 또다시 이 우주의 초대장을 받을 수 있을까?

기차는 망설임 없이 앞으로 나아갔다. 윤슬은 촛불 구름을 떠올렸다. 햇살이 닿은 면은 황금빛으로 빛나고, 반대편은 진한 회색빛으로 남아 있는 구름. 촛불이 '짠' 하고 켜진 순간을 닮은 구름. 윤슬은 구름 마법사가 된 것처럼, 머릿속에 떠오른 촛불 구름에 소원을 하나 빌었다.

하늘에는 이제 막 태어난 새하얀 구름이, 윤슬을 향해 씩 웃고 있는 것처럼 보였다.

　《중고신입 차윤슬, 이야기를 시작합니다》의 출발점은 시트콤이었다. 학생 시절 나는 시트콤 〈앨리 맥빌〉을 좋아했다. 로맨틱 코미디와 법정 드라마가 휴머니즘과 절묘하게 결합된 이야기였기 때문이다. 엉뚱하지만 사랑스러운 변호사 앨리를 떠올리며, 백화점을 무대로 크리스마스 시즌 마케팅을 담당하는 팀의 이야기를 쓰면 재미있겠다고 생각했다.

　하지만 막상 글을 쓰기 시작하자, 이야기는 곧 표류하기 시작했다. 주인공 윤슬은 내가 처음에 상상했던 것처럼 발랄한 친구가 아니었고, 사무실을 배경으로 한 에피소드에서도 시트콤 특유의 유쾌한 톤은 좀처럼 살아나지 않았다. 무엇보다 이야기를 어떻게, 어디로 데려가야 할지 알 수 없어 앞이 캄캄했다. 미로 속을 헤매다 다시 원점으로 돌아오길 반복하면서, 그렇게 꾸역꾸역 초고를 완성했다.

　그런데 신기한 일이 일어났다. 엉망진창으로 느껴졌던 초고를 다시 읽어 내려가다 보니, 내가 진짜로 하고 싶었던 이야기가 희미하게나마 보였던 것이다. 마치 이 책의 윤슬처럼 말이다. 나는 '브랜드 마케팅 팀의 크리스마스 프로젝트'에 관한 이야기가 아니라, '글 쓰기' 자체에 관한 이야기를 하고 싶었다는 사실을, 초고를 끝낸 뒤에야 깨달았다. 이후에 결국, 원고는 뼈대만 남기고 대대적인 수정을 거쳐 지금의 원고가 완성되었다. 같은 에피소드도 다른 목적에서 바라보니, 방향이 완전히 달라진 셈이었다.

다시 말해, 데뷔작《책들의 부엌》이 '책 읽기'가 건네는 위로와 의미를 다룬 작품이었다면, 이번 책《중고신입 차윤슬, 이야기를 시작합니다》에서는 '글 쓰기'가 전하는 위로와 의미를 담아내고 싶었다. 내면의 자신과 마주하며 흘려보낼 기억과 되찾아야 할 추억을 가려내고, 마침내 자신만의 문장을 써 내려갈 수 있기를 바랐다. 그렇게 각자가 자신의 이야기로 살아낼 수 있는 힘과 용기를 얻길 바라는 마음이었다.

또한《책들의 부엌》에서는 '아무것도 하지 않고 되는, 몸과 마음이 푹 쉬는 공간'을 상정하며 소양리 북스키친을 그렸다면, 《중고신입 차윤슬, 이야기를 시작합니다》에서는 쉬지 못하는 자리을 배경으로 한다. 하지만, '일상에서 만나는 나만의 비밀 아지트'를 이야기 곳곳에 흩뿌려 두었다. 서울 도심에서 매일을 휴가처럼 살 수는 없지만, 그럼에도 숨을 고르고 다시 나 자신으로 돌아갈 수 있는 각자의 공간이 있길 바란다. 그곳에서 내면의 자신과 문장으로 대화를 나누고, 자신을 돌아보기를, 그 시간이 즐겁고 위로가 되길, 그래서 이야기라는 세계를 보다 자유롭고 안 전하게 여행할 수 있기를 바란다.

더불어 각자의 마음속에 잠들어 있는 타임캡슐을 깨웠으면 한다. 까마득하게 잊고 지냈던 작은 추억들, 누군가에게 사랑받고 누군가를 사랑했던 순간들을 떠올렸으면 한다. 그리고 문득, 편지를 쓰고 싶은 마음이 들면 좋겠다. 세상에 없는 누군가를 향한 편지일 수도 있고, 나 자신에게 보내는 편지일 수도 있으며, 매일의 일상을 함께하는 가족에게 건네고 싶은 편지일 수도 있을 것이다. 그 편지가 기나긴 이야기의 시작이라고 믿는다.

하늘에 떠가는 구름을 바라보며, 구름 마법사 소피아가 누군가의 편지를 손에 꼭 쥔 채, 다른 우주를 건너고 시공간을 돌아 편지를 배달하는 모습을 상상해 본다. 동시에, 내가 나에게 편지를 쓴다면 어떤 이야기를 적게 될지도 생각해 본다. 아마도 계속해서 쓰는 사람이 되고 싶다는, 그런 꿈에 관한 이야기가 아닐까.

Special thanks to

'난리 부르스'라고 부를 수밖에 없는 퇴고 과정을 함께한 편집장이 없었다면, 나는 끝내 이 책을 완성하지 못했을 것이다. 이야기의 미로에서 헤매는 동안, 편집장은 기꺼이 함께 길을 헤매 주었고, 탈출구를 함께 모색해 주었다. 나는 그동안 작가들이 '작가의 말'에서 왜 그토록 편집장에 대한 감사와 사과를 늘어놓는지 잘 이해하지 못했는데, 이번에 분명히 알게 되었다. 이번 소설의 러닝메이트, 김명래 편집장님께 깊이 감사드린다.

흔쾌히 추천사를 써 주신 황보름 작가님께 진심으로 감사의 마음을 전한다. 더불어 엉망진창이었던 초고에도 다정한 피드백으로 나의 마음을 살살 녹여준 지인 리뷰단에도 감사를 전한다. (오랜 친구 지은, 나의 여동생 혜림, 박선영 작가님, 연주 님, 조이 님.)

언제나 든든한 지원군이 되어준 내 가족에게도 마음 깊이 고맙다는 말을 전한다. 사랑과 기도로 곁을 지켜 준 부모님, 한밤중에도 나의 온갖 이야기를 끝까지 들어준 남편, 그리고 엄마 책을 목 빠지게 기다려 준 예남매에게도 깊은 사랑과 감사를 보낸다.

중고신입 차윤슬, 이야기를 시작합니다

초판 1쇄 인쇄　2026년 2월 12일
초판 1쇄 발행　2026년 2월 25일

지은이　　　　김지혜

총괄　　　　　김명래
책임편집　　　김명래
디자인　　　　weme design
책임마케팅　　최혜령, 박지수, 도우리, 양지환
마케팅　　　　콘텐츠IP사업본부
해외사업　　　한승빈, 박고은
경영지원　　　백선희, 권영환, 이기경, 최민선, 강아현
제작　　　　　제이오

펴낸이　　　　서현동
펴낸곳　　　　㈜오팬하우스
출판등록　　　2024년 5월 16일 제2024-000141호
주소　　　　　서울시 강남구 테헤란로 419, 11층(삼성동, 강남파이낸스플라자)
이메일　　　　info@ofh.co.kr

© 김지혜 2026

ISBN　　　　　979-11-7577-192-5 (03810)

한끼는 ㈜오팬하우스의 출판브랜드입니다.